中·小·学·生·课·外·书·屋

时间机器

[英]赫伯特·乔治·威尔斯/著   吕登俊/编译

中国出版集团

世界图书出版公司

西安 北京 广州 上海

图书在版编目（CIP）数据

时间机器 / 吕登俊编译. —西安：世界图书出版
西安有限公司，2013.4（2016.1重印）
（中小学生课外书屋）
ISBN 978-7-5100-6047-2

Ⅰ．①时… Ⅱ．①吕… Ⅲ．①科学幻想小说—英国—
现代—缩写 Ⅳ.①I561.45

中国版本图书馆CIP数据核字（2013）第077483号

中小学生课外书屋

时间机器

著　　者：[英]赫伯特·乔治·威尔斯
责任编辑：李志刚
封面设计：肖静娟

出版发行：世界图书出版西安有限公司
地　　址：西安市北大街85号
邮　　编：710003
电　　话：029-87214941　87233647（市场营销部）
　　　　　029-87232980（总编室）
传　　真：029-87279675
经　　销：全国各地新华书店
印　　刷：陕西五二三文化传播有限公司
开　　本：700毫米×1000毫米　1/16
印　　张：13.5
字　　数：150千
版　　次：2013年4月第1版　2016年1月第3次印刷
书　　号：ISBN 978-7-5100-6047-2
定　　价：23.00元

快速导读

作品简介

ZUOPIN JIANJIE

公元802701年,人类进化为埃洛伊和莫洛克两类人。埃洛伊人生活在地面上,他们体态娇小柔弱,过度追求安逸的生活,智力和体能都发生退化。而莫洛克人却在地下的机器旁为他们生产各种物品。小说讲述了一位科学家通过时间旅行机器来到未来,闯入莫洛克人的地下世界,结果被莫洛克人追赶,后历经艰险逃离险境,最终回到现实世界的故事。

写作背景

XIEZUO BEIJING

本书是作者在1895年发表的一部作品,是威尔斯的第一部科幻小说,也是世界科幻小说史上第一部以时间旅行为题材的作品。有评论家将这本书的出版认定为"科幻小说诞生元年"。

艺术特色

YISHU TESE

科学幻想是创造发明的先声,是科学发展的先导。鲁迅在《月界旅行·辩言》中提出要用科学小说来普及科学知识,预言"导中国人群以行进,必自科学小说始"。威尔斯的科幻小说借助他广博的自然科学知识,为读者插上想象的翅膀,驰骋在空间与时间之中,有助于启迪和培养科学幻想能力。

时间旅行者:聪明、自信、勇敢、机智、富于冒险精神。

埃洛伊人:未来世界中生活在地面上的人,体态娇小柔弱,衣着华丽,不思劳动,智力、体能都发生退化。

莫洛克人:未来世界中生活在地下的人类,习惯黑暗,怕光怕火,天性残暴。

医生:时间旅行者的朋友,理智、善解人意,总能抓住问题的关键。

菲尔比:时间旅行者的朋友,喜欢争辩。

「目 录」

第一章　奇异发明

为了让朋友们信服自己关于四维空间的观点，时间旅行者拿出了奇异发明，并提出一个更加大胆的想法。这个奇异发明是什么？他令人瞠目结舌的想法又跟什么有关？还等什么，我们这就去看看。

时间旅行者正在给我们讲解一个非常深奥的问题。他灰色的眼睛闪动着，显得神采奕奕，平日里他的面孔总是苍白得没有一点血色，但是此刻却由于激动和兴奋泛出红光。壁炉里火光熊熊，白炽灯散发出的柔和的

名师导读

　　时间旅行者脸上的红光与身体素质相关不大，那令他激动兴奋的事情一定拥有极大的魅力。

光辉,捕捉着我们玻璃杯中滚动的气泡。我们坐的椅子,是他设计的专利产品,与其说是我们坐在椅子上面,还不如说是椅子在拥抱和爱抚我们。用过了丰盛的晚餐之后,屋里的气氛十分舒适惬意,这时人们的思绪喜欢自由驰骋(chěng),而且对什么都不求甚解。他伸出修长的食指给我们指出重点所在,同时还向我们讲述着那个深奥的问题。我们都懒洋洋地坐着,并对他在这个新谬(miù)论上表现出的认真态度和丰富的想象力钦佩不已。

"你们一定要仔细跟着我的思路。我将要对一两个几乎是成为普遍真理的观点进行反驳。例如:学校教给你们的几何学,就是建立在谬误之上的。"

名师导读

时间旅行者的自信和征服欲跃然纸上,这就为后面他拿出奇异发明以说服对方提供了性格上的可能。

"要我们从这里听起,未免扯得太远了点吧?"菲尔比说。他是一个长着红头发,并且喜欢争辩的人。

"我绝没有要求你们接受任何无稽(jī)之谈的意思。很快,你们就会认同我需要你们认同的东西。你们自然知道,数学上所谓的一条线,一条高度为零的线,在现实中是并不存在的。学校教过你们这些吧?数学上的平面,也是现实中没有的,这些纯粹是抽象的东西。"

"是这样的。"心理学家说。

"仅有长度、宽度和高度的立方体实际上也是不存在的。"

"我不同意你的这种说法,"菲尔比说,"一个固体当然可以存在。一切真实的物体……"

"多数人是这样想的。但是,请你

一个喜欢争辩的谈话者,更能激起时间旅行者的说服欲望。

听我说，一个非时间性的立方体能存在吗？"

"不明白你的意思。"菲尔比说。

"有没有一个可以根本不在时间中存在的立方体呢？"

菲尔比开始沉思了起来。"很显然，"时间旅行者继续说道，"任何一个存在于真实世界中的物体，都必须向四个方向伸展：它必须有长度、宽度、高度和持续时间。但由于人类与生俱来的缺陷——这点我待会儿再解释——我们习惯性地忽视了这个事实。现实世界实际上是四维的，其中三维是我们称作空间的三个平面，而第四维就是时间。可是，人们现在总喜欢在前三维和后者之间人为地设置一条实际并不存在的鸿沟，因为我们的意识从生命的开始到结束正

名师导读

　　菲尔比的沉思表明他面对时间旅行者的反问已哑口无言。

是沿着时间之轴间歇性地向前运动的。"

"这个，"一个很年轻的人说着，哆哆嗦嗦地把他的雪茄重新凑到灯上点着了，"这……的确是很明显的。"

"唉，人们是如此普遍地忽视了这一点，这是非常值得注意的现象。"时间旅行者的兴致更浓了，他继续说道，"实际上这就是第四维的涵义，尽管有些人在谈论着第四维，但他们并不知道它指的就是这个意思。这其实只是看待时间的另一种方式。在时间和其他关于空间的三维中的任何一维之间，都没有什么不同，区别只是：我们的意识是沿着时间运动的。但是，有些愚人把这个观念的意思搞颠倒了。你们领教过这些人有关第四维的高论吗？"

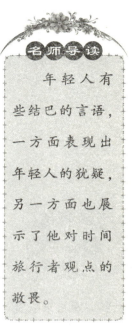

名师导读

年轻人有些结巴的言语，一方面表现出年轻人的犹疑，另一方面也展示了他对时间旅行者观点的敬畏。

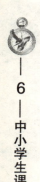

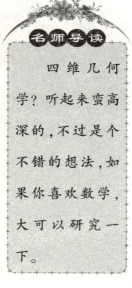

名师导读

四维几何学？听起来蛮高深的，不过是个不错的想法，如果你喜欢数学，大可以研究一下。

"我没听过。"省长说。

"是这样的。根据数学家的观念，空间有三个维度，可以分别称其为长度、宽度和高度，而且始终可以通过彼此垂直的三个平面把它们表示出来。但是，有些哲人总要问为什么偏偏只有三维，为什么没有另一维来同其他三维相垂直呢？他们甚至试图建立一种四维几何学。大约在一个月之前，西蒙·纽科姆教授还向纽约数学协会阐述过这个问题呢。大家都知道，我们可以在只有两维空间的平面上表现一个三维的立体效果图。与此相同，他们认为能够通过三维模型来表现四维的东西，只要他们能够掌握一个物体的透视画法。明白了吗？"

"我想是这样的。"省长嘀咕着。他眉头紧锁，陷入沉思状态，他的嘴唇动了一下,好像在念叨着什么神秘的咒语。"是的,我想我现在已经明白了。"稍后他说道,一瞬间又变得喜形于色了。

"嗯,我可以告诉大家,我研究四维几何学已有一段时间了。在我得出的结论中,有些是很古怪的。例如:这是一个人8岁时的肖像,这是15岁的,这是17岁的,还有一张是23岁的等等。这些显然都是一个人的生活片段,是四维存在的三维表现法,这是固定的无法改变的东西。"

"对于一个思路严谨的人,"时间旅行者稍微顿了一下,以便使听众能够充分理解他的话。然后他继续说,"他十分清楚,时间只是空间的一种。大家请看,这是一张常见的用来记录天气变化的科学图表。我手指着的这条线,标明了

名师导读

从断然否定到喜形于色,省长的转变完全是一个老练政客的表现。从表面看,时间旅行者已经说服了三个人,他的征服欲望再次膨胀。

气压的变化情况。昨天白天气压有这么高,到了夜里它又降下去了,今天早上又上升了,逐渐地一直升到这里。气压表里的水银柱和这条线之间的关系,绝对不是由普遍被接受的三维空间概念来表示的,可是,它又确确实实勾画出了我们现在所看到的这条线。因此,我们可以断定,这条线是时间维度的产物。"

"可是,"医生说话了,他的双眼紧盯着炉火里的一块煤,"如果时间真的只是空间的第四维,那它又为什么从古至今都被认为是另外一种东西呢?我们为什么不能在时间里自由活动,就像我们在空间的那三个维度里那样?"

时间旅行者笑了。"你肯定我们能在空间中自由活动吗?我们可以向左、

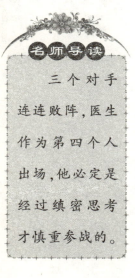

名师导读

三个对手连连败阵,医生作为第四个人出场,他必定是经过缜密思考才慎重参战的。

向右、向前、向后任意活动，人类历来如此。我承认我们在两维中可以自由活动。但是，上下活动能行吗？地球引力把我们束缚在地面上。"

"不完全是这样，"医生说，"用气球就能行。"

"但是在气球发明之前，除了片刻时间内的跳跃和地势的起伏之外，人是不能任意垂直运动的。"

"不，人们还是可以上下运动的。"医生说。

"向下运动要比向上运动容易得多。"

"但是在时间里不能移动，你无法离开当前这一时刻。"

"我亲爱的先生，这正是你的错误所在，也正是全世界的错误所在。其实，我们始终是在脱离当前这一时刻，

名师导读

医生提出的"人不能在时间里移动"的问题是整场辩论的关键，时间旅行者拿出奇异发明就是为证明这一点。

名师导读

心理学家作为一个补充解释的角色，为医生的话提供补充。

名师导读

时间旅行者第一次提到奇异发明，注意他用"伟大"来形容自己的发明，他的自信与自豪可见一斑。

我们的精神存在是非物质的，并且无法用空间维度来描述，它沿着时间维度匀速从摇篮走向坟墓。这就像我们的生命，如果从离地50英里的高处开始，那么，我们的人生旅途就必定是向下降落。"

"可关键的问题在于，"心理学家插进来说道，"你能够在三维空间里，朝任何一个方向运动，但你却无法在时间里任意地往返运动。"

"这个想法，就是我伟大发明的萌芽。不过，你说我们在时间里不能运动是错误的。例如：如果我非常生动地回忆起一桩往事，我便回到了它发生的时刻。就像人们常说的，我走神了。我在一瞬间回到过去，当然我们的双脚无法退回到过去的时间里，就像一个野蛮人或一只动物无法生活在离地六英尺的空中。不过,在这方面,文明人要强过野蛮人,他可以乘坐气球,反向于地球引力而上升。既然这样,他为什么就不能指望自己最终能在时间维度中静止下来或加速运动,甚至逆向运动呢?"

"哦,这,"菲尔比开口说,"是完全……"

"为什么不可能?"时间旅行者问。

"这有悖(bèi)于常理。"菲尔比说。

"你说的常理是什么?"时间旅行者问。

"你可以通过雄辩让黑的变成白的,"菲尔比说,"但你永远也别想说服我。"

"也许不能。"时间旅行者说,"但你现在至少开始明白我研究四维几何学的目的所在了。很久以前,我就粗略地构想过一种机器……"

名师导读

时间旅行者第二次提到奇异发明,"很久以前"、"粗略地"都在暗示他的发明现在已经完全不一样,很可能已经成功了。

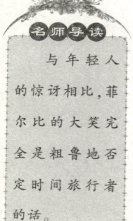

名师导读

与年轻人的惊讶相比,菲尔比的大笑完全是粗鲁地否定时间旅行者的话。

"让它在时间中穿行!"那个年轻人惊叫起来。

"它将随心所欲地在空间和时间中运动,完全由驾驶员控制。"

菲尔比放声大笑起来。

"我是有实验根据的。"时间旅行者说。

"这对历史学家来说,实在是太方便了,"心理学家暗示道,"譬如,他可以回到过去,去核实关于黑斯廷斯战役的权威记载!"

"难道你不觉得这有点过于诱人了吗?"医生说,"我们的祖先可不太能容忍时代的倒错。"

"人们可以直接从荷马和柏拉图的嘴里学习最纯正的希腊语了。"那个年轻人是这么想的。

"真要是那样的话,你在他们那里

的考试,肯定是要不及格的。德国学者已经把希腊语大大地改良过了。"

"还有未来呢,"年轻人又说,"试想一下,人们可以把他们所有的钱投资出去;让它生出利息或者赚取利润,然后再赶到未来去花。"

"去发现一个社会,"我说,"一个纯粹的共产主义社会。"

"尽是些不着边际的疯话!"心理学家说。

"是的,我在最开始的时候,也是这样想的,所以从不谈论此事,直到……"

"直到实验证明!"我大声说道,"你能证明它吗?"

"用实验来证明!"菲尔比喊道。他已经感到头昏脑涨了。

"无论如何,我们得看看你的实

名师导读

　　每个人的表现虽不一样,但他们无一例外都觉得时间旅行者在胡扯。辩论到达这里,那件足以胜过任何雄辩的奇异发明想必就要出场了。

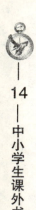

验，"心理学家说，"虽然这毫无疑问全都是胡扯。"

时间旅行者以微笑面对大家，然后，他仍然带着这种微笑，双手深深地插在裤兜里，慢慢地走出了房间。我们听见他趿拉着拖鞋，沿着长长的走廊向他的实验室走去。

心理学家看着我们："我真不知道他到底在搞什么名堂？"

"不过是想要耍花招罢了。"医生说。菲尔比正准备给我们讲他在伯斯勒姆遇到过的一个巫师，可还没来得及把开篇讲完，时间旅行者就回来了，菲尔比想讲的那个故事也只好告吹。

时间旅行者手里拿着一个闪闪发光的金属架子。和一只小号的钟差不多大，做工非常精细，里面有象牙和一

词语解释

趿拉：(tā la) 即把鞋后帮踩在脚后跟下。

名师导读

真是千呼万唤始出来，不过，此时奇异发明的真实身份更加令人好奇。

种透明的物质。现在我必须把我看到的一切都交代清楚，因为在此之后所发生的事情——除非他的解释成立——绝对是难以置信的。他把房间角落里的一张八角形桌子搬到壁炉前面来，桌子有两条腿在炉前的地毯上。他把那个机械装置放在桌子上，拉过一把椅子坐了下来。除了那个装置之外，桌子上还有一盏罩着灯罩的小台灯，灯光很亮，周围还点着十几支蜡烛，其中两支插在壁炉架上的铜烛台里，另外几支插在墙壁上的烛台里，因此，可以说房间里灯火通明。我在最靠近炉火的一把椅子上坐下来，随即又向前挪了挪，几乎使自己处于时间旅行者和壁炉之间。菲尔比坐在时间旅行者背后，两眼朝他肩膀前面张望着。医生和省长站在右侧，心理学

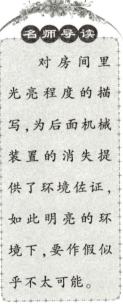

名师导读

对房间里光亮程度的描写，为后面机械装置的消失提供了环境佐证，如此明亮的环境下，要作假似乎不太可能。

名师导读

对围观者全神贯注神态的描写与房中灯光的描写有异曲同工之妙。

家坐在左侧，年轻人站在心理学家的后面，我们每个人都全神贯注。依我看，在这种情况下，无论什么构思巧妙、手段高明的花招都不可能瞒过我们的眼睛。

时间旅行者看了看我们，又看了看他的机械装置。

"现在行了吗？"心理学家问。

"这个小装置，"时间旅行者说，他把胳膊撑在桌子上，两手按着那个仪器，"只是一个模型。我的计划是让机器在时间中穿梭。你们可能已经注意到了，这东西看上去是斜的。这儿有一根样子很古怪的小杆，它表面光滑，亮闪闪的，似乎有点像是假的。"他说完抬起手来指了一下，"另外，这有一根银白色的小杠杆，这边还有一根。"

医生从椅子上站了起来，仔细地盯着那个装置看。"做得可真漂亮。"他说。我们都跟着医生站了起来。

"我用了两年的时间才把它做出来。"时间旅行者说，"现在我要告诉你们，当我把这根杠杆按下去之后，这架机器就被送到未来去了。另一根杠杆用于逆向运动的操作。这个鞍子就相当于在真实的时间机器中的驾驶座。我马上就要按下这根杠杆了，机器会飞离出去。它将逐渐消失，进入未来的时间，最后无影无踪。请你们好好地看着这个玩意儿，也请再检查一下桌子，确信我没有做过任何手脚。我可不想损失了我的模型，还要被人当成江湖骗子骂。"

大概有一分钟的时间大家都在沉默。心理学家似乎想对我说什么，但随

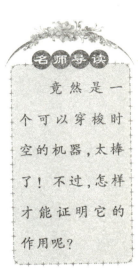

名师导读

竟然是一个可以穿梭时空的机器，太棒了！不过，怎样才能证明它的作用呢？

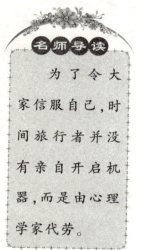

名师导读

为了令大家信服自己，时间旅行者并没有亲自开启机器，而是由心理学家代劳。

即他又改变了主意。接着，时间旅行者把手伸向杠杆。"不，"他突然说，"我要借用你的手。"他转向心理学家，握住他的手，并请他把自己的食指伸出来。因此，是心理学家亲手把时间机器的模型送入了漫无止境的时间之旅。我们都目睹了那根杠杆的转动，我绝对肯定这里面没有任何骗术。此时，一阵风吹来，灯火跳动，壁炉架上的一根蜡烛被吹灭了。那台小机器突然旋转起来，逐渐模糊了，大概只用了一两秒钟，它就变成了一个非常浅淡的幻影，就像是一个闪着黄铜和象牙色微光的漩涡。它离去了——在众目睽睽之下从桌面上消失了！而桌子上除了那盏小灯之外，再也没有其他东西。

接下来就是一阵沉默。接着菲尔

比大骂自己该死。

　　心理学家从恍惚出神的状态中清醒了过来,猛地低头往桌子底下看去。时间旅行者高兴极了,忍不住大笑了起来。

　　"现在行了吗？"他模仿着心理学家刚才的腔调。随后站起身,从壁炉架上取下烟叶罐,开始往烟斗里装烟丝。

　　我们面面相觑。"嗯,听我说,"医生先开口了,"这些都是真的吗？你真的相信那架机器进入时间中去了吗？"

　　"当然。"时间旅行者说。他弯腰在炉火中引燃了一个小木片,然后他转过身来,边点烟斗边看着心理学家的脸。(心理学家故作镇静,拿出一支雪茄,连雪茄的屁股都没切就点了起来。)然后接着说道,"另外,在我那里,

名师导读

　　医生的问题再次一语中的。是呀,不见了并不代表是去了未来或者过去。

名师导读

时间旅行者已经展示了自己的伟大发明，并自信地提出一个宏伟的计划，接下来就是等待大家的反应了。

还有一部真正的大型时间机器即将完工。"——他伸手指了指实验室——"等它造好之后，我打算亲自到时间中去旅行一次。"

"你的意思是，你刚才的那架小机器已经走入未来了？"菲尔比问。

"它是走入未来还是返回过去，我不能断定。"

隔了一会儿，心理学家来了灵感。"如果说它去了什么地方，那一定是回到了过去。"他说。

"为什么？"时间旅行者问。

"因为我认为它没有在空间里发生位移。并且，如果它已经进入未来，那它现在肯定还停留在这里，因为它必定要穿过现在才能走入未来。"

"可是，"我说，"如果它已走进过

去，我们刚进房间时就该在这张桌子上看见它。上星期四，以及上上个星期四等等，我们都在这里啊！"

"有力的反驳。"省长评论道。他转向时间旅行者，摆出一副秉公断事的架势。

"根本就没道理，"时间旅行者说，他又转向心理学家，"你想想，你能解释这个。这是最低限度下的表象，你知道的，它是稀释的表象。"

"当然。"心理学家说。他还再次向我们保证说，"这是一个简单的心理学问题。我应该想到它，它是很清楚的，并且，令人高兴的是，它有助于说明那个貌似矛盾的现象。我们无法看见这架机器，就像我们无法看清旋转的轮辐和在空中飞过的子弹。如果

机器在时间中旅行的速度比我们快50倍或者100倍,如果它走一分钟我们才走一秒钟,它的速度,给我们留下的印象,就只是它在做时间旅行时的五十分之一或一百分之一。这是非常明显的。"他用手在原先放机器的地方摸了一下。"你们明白了吧?"他笑着问道。

我们坐在椅子里,盯着空荡荡的桌子看了一会儿。这时,时间旅行者问我们还有什么想法。

"在今天晚上,这一切听起来似乎很合理,"医生说,"但是,要等到明天,等明早大家神智清醒时再下结论。"

"你们想不想看看真正的时间机器?"时间旅行者问。说完他手里拿着灯,带领我们沿着通风的长廊走入他

名师导读

时间旅行者之前就提到要亲自去一趟未来,但大家都纠结于模型消失的不可思议,没有注意到这个伟大计划,更想不到还存在着一个真正的时间机器。

的实验室。我清楚地记得那闪烁的灯火，他那狂热的大脑袋印在墙上的轮廓，杂乱的晃动的人影，记得我们如何既迷惑又犹疑地跟着他，如何在实验室里看到先前消失的那个小机器的大号翻版。它的零件有些是镍制的，有些是象牙的，还有些是用水晶制成的。这部机器总体上已经完成了，只是水晶曲棒还摆在长椅子上的几张图纸旁，尚未完工。我拿起其中一根仔细看了一下，发现它似乎是用石英做的。

"我说，"医生问道，"你这是完全认真的？或者又是一个玩笑——就像去年圣诞节你给我们看的那个幽灵？"

"我想乘坐这架机器去探索时间，"时间旅行者说，并把手中的灯举

词语解释

镍：(niè)一种银白色金属，质坚硬，具有磁性和良好的可塑性及耐腐蚀性。

名师导读

如果你仔细研究一下这几位谈话者，你会发现医生的问题总是很关键。

—中小学生课外书屋

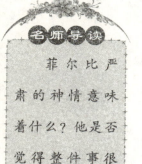

名师导读

菲尔比严肃的神情意味着什么？他是否觉得整件事很疯狂,令人难以置信？

高了,"明白了吗？我这辈子还从没像这次这么认真过。"

我们都不知道该怎样去理解他的话。

我从医生的肩膀上方和菲尔比对视着,他神情严肃地朝我使了个眼色。

第二章　旅行归来

时间旅行者家的晚餐上有一个令作者好奇的沉默者，而更奇怪的是主人迟迟未归。沉默者有什么奇怪的举动？主人去了哪里？保管好你的疑问，我们现在就去寻找答案。

我想，当时我们都对那台时间机器不太相信。事实上，时间旅行者是个过于聪明的人，以至于让人很难相信他。你永远也看不透他，你没法不怀疑他的坦率，在这件事情的背后也许还别有一番用心。如果是菲尔比展示了那台机器，并用和时间旅行者同样的

名师导读

生活中也会出现这样的情况，我们总是会怀疑一个聪明人的话，即使对方坦言相待我们也觉得事情并不简单。

名师导读

人类科技的发达源于幻想，但这在时间旅行者身上却是可悲的。正是因为他爱幻想，才导致了不被信任的局面。

话来解释一切，我们怀疑的成分就会少得多，因为我们很容易看穿他的动机，要搞懂菲尔比的想法，即便对一个屠夫来说都不困难。但是，时间旅行者可不只是有一点爱幻想，我们都不信任他。能使一个没他那么聪明的人成名的事情，到他手里就成了恶作剧。事情做得太不费力气是种错误。他身边的一些不苟言笑的人从来没摸透过他的行为。虽然他们擅长判断，可仍然不敢轻易相信他，因为那简直就等于用蛋壳那样脆弱的瓷器去装修托儿所。所以，在这个星期四到下个星期四之间的时间里，我们谁也没有多谈时间旅行者的事。不过，我们中的大多数人，虽然心里十分怀疑那个实验，但还是认为也有一些可能性。我们忘不了它似乎言之成理，就是说它实际上疑点很多，有可能造成年代颠倒和一片混乱。我自己则一心想着机器里会有什么骗局。我记得星期五在林尼安遇到医生后，我们进行了一番讨论。他说他在杜平根见过类似的事情，并且特别强调了蜡烛被吹灭的现象。但是，他解释不了这花招到底是如何耍的。

下个星期四我又去了里士满——我肯定算得上是时间旅行者家的常客了——我来得晚了些，他的客厅里已经有四五个人了。医生站在炉火前，一只手拿着一张纸，另一只手握着他的怀表。我环顾四周，寻找时间旅行者。"现在已经七点半了，"医生说，"我们还是先吃饭吧？"

"怎么没看到……"我问，随即说出了我们主人的名字。

"你刚到吗？太奇怪了，他想必被什么耽搁了。我来的时候，看到他留给我的便条，说如果七点钟他还没回来，

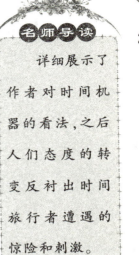

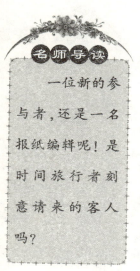

名师导读

一位新的参与者,还是一名报纸编辑呢!是时间旅行者刻意请来的客人吗?

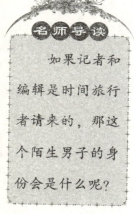

名师导读

如果记者和编辑是时间旅行者请来的,那这个陌生男子的身份会是什么呢?

就让我先带大家吃饭,等他回来后再跟大家解释。"

"让准备好的晚饭派不上用场就太遗憾了。"一位著名日报的编辑说。于是医生拉了铃。

医生和心理学家还有我,是出席过上次聚会的人。其他人分别是上面提到的那位编辑布兰克、一位记者,还有一位我不认识的,留着山羊胡子,非常腼腆的男子。据我观察,他整个晚上都一言不发。进餐中,大家都在猜度主人缺席的原因,我半开玩笑地提起了时间旅行。编辑希望我们能解释一下,于是心理学家就自告奋勇地对那天目睹的"巧妙的怪事和把戏"做了一番如实的描述。他刚讲到一半,通向走廊的门就慢慢地、悄无声息地打开了。我是对着门坐着的,第一个看到了他。"嗨!"我说,"你终于回来啦!"这时门开得更大了，时间旅行者站在我们面前。我惊呼了一声。"天啊！老兄，出什么事了？"医生喊道。他是第二个看见他的人，随后全桌人都转身向门口望去。

他的样子令人吃惊，肮脏的外衣上满是灰尘，袖子上沾满了油泥，头发蓬乱，好像变得更加斑白了——要么是因为头发上有灰尘和污垢，要么就是头发真的变白了。他的脸色像死人那么苍白，下巴上有一条尚未痊愈的褐色伤口。他神情憔悴，好像遭受过了强烈的痛苦。他站在门口，似乎被灯光刺花了眼，犹豫了片刻才走进客厅。他一瘸（qué）一拐走路的样子，像是我见过的那些疲惫不堪的长途跋涉者。我们静静地看着他，等待他开口说话。

他一言不发，吃力地来到桌前，朝酒瓶做了个手势。编辑倒了一大杯香

名师导读

他一定遭遇了可怕的事情，他怕光的表现暗示他可能去了某个暗无天日不见阳光的地方，并且待的时间不短。

槟酒,推到他面前。他一饮而尽,精神似乎稍微好了点,他扫视了围坐在桌旁的人们,脸上又掠过一丝他一贯带有的那种微笑。"你究竟到哪儿去了,老兄?"医生问。时间旅行者似乎没有听见他的话。"我不打扰你们,"他说,声音微微颤抖,"我没事的。"说到这里,他又伸出杯子要了杯酒,接着又是一饮而尽。"真好。"他说。眼睛逐渐恢复了神采,脸上也有了血色。他带着几分满足的神情,迟钝地看了我们一眼,接着,在温暖舒适的房间里走了一圈。随后他又开口说话了,好像还是不知道该说什么。"我去梳洗一下,换身衣服,然后再下来跟你们解释这件事,现在……给我留点羊肉,我一看到肉就要馋疯了。"

他看了编辑一眼。编辑是位稀客,他希望编辑在这里一切如意。编辑提

名师导读

时间旅行者说自己一看到肉就馋疯了,是否说明他去的地方没有肉吃?

了个问题。"过会儿就会告诉你，"时间旅行者答道，"我现在——模样太滑稽了！不过，一会儿就都没事了。"

他放下酒杯，朝门口走去。他软弱无力的步伐和蹒跚的姿态再次引起我的注意。我从座位上站了起来，在他出门的时候看清了他的脚上没穿鞋，袜子破烂不堪，而且血迹斑斑。这时门在他身后关上了，我真想跟出去，但我知道他是很讨厌别人对他的事情大惊小怪的。于是，我胡思乱想了起来。这时，我听见编辑说"一位杰出科学家的惊人之举"，他出于职业习惯，又在考虑他文章的大标题了。我的注意力因此又被带回到了气氛热烈的餐桌上来。

"这是什么游戏啊？"记者说，"他在扮演业余乞丐吗？我真不明白。"我和心理学家对视了一下，他脸上的神情告诉我，他和我有同样的想法。我想

词语解释

蹒跚：(pán shān) 指跛行或行步摇晃跌撞。

中小学生课外书屋

起了时间旅行者跛足爬楼的痛苦模样，以为其他人都没注意到他的脚受了伤。

医生最先从惊奇中恢复过来。他拉了拉铃——时间旅行者不喜欢让仆人侍候在餐桌旁——示意上热菜。这时编辑哼哼唧唧地拿起了刀叉，那个沉默的人也跟着拿起了刀叉。晚餐继续进行。有那么一小会儿，饭桌上的谈话发展成了大呼小叫。

这时编辑的好奇心变得异常强烈了。"我们的朋友是想通过横渡海峡去找点钱补充他不太丰裕的收入呢，还是他想仿效尼布甲尼撒二世？"他问道。

"不过，我敢肯定，这和时间机器有关。"我接过编辑的话茬，把我们上次聚会的情形叙述了一遍。

新来的客人显然无法相信。

编辑提出了反对意见。"时间旅行到底是什么？一个人总不会通过滚一身泥来解释他的谬论吧？"随后他来了灵感，于是就奚落起来，"难道未来人连掸衣服的刷子都没有？"

记者也和编辑一样，对整件事情大加嘲讽。他俩都是新式的新闻工作者——那种生性活泼，甚至有些放肆的年轻人。"《后天》报特约通讯员向您报道……"记者正在嚷嚷着，时间旅行者就回来了。他穿着一身普通的晚礼服，面容依旧憔悴，但已不再是刚才那种让我们震惊的样子了。

"我说，"编辑打趣道，"这帮家伙说你已经到下星期旅行过了！给我们讲讲小罗斯伯里的事，好吗？你觉得他的命运如何？"

时间旅行者一声不吭地坐到他的座位上，像以往那样沉静地微笑。"我的

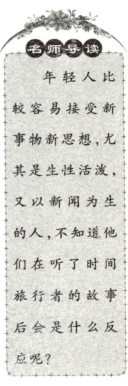

名师导读

年轻人比较容易接受新事物新思想，尤其是生性活泼，又以新闻为生的人，不知道他们在听了时间旅行者的故事后会是什么反应呢？

羊肉呢?"他说,"刀叉又能碰得着肉,这可真是幸福啊!"

"讲故事吧!"编辑喊道。

"该死的故事!"时间旅行者说,"我想吃点东西。填饱肚子之前,我是一个字也不会说的。谢谢,请把盐瓶递过来。"

"就先回答我一个字,"我说,"你去时间旅行了吗?"

"是。"时间旅行者嘴里塞满了食物,点着头说。

"我愿出每行一先令的价钱,买下纪实稿。"编辑说。时间旅行者把玻璃杯推向那个沉默的人,并用手指弹了弹杯子。那人一直默默地盯着时间旅行者,此刻被吓得一哆嗦,连忙为他斟酒。席间的气氛是相当尴尬的,我想,大家都和我一样,一连串的话挂在嘴边,但又得忍着。记者为了缓和气氛,讲起了海迪·波特的轶事趣闻。时间旅行者一直沉浸在他的晚饭中，表现出了一个长途跋涉者才有的好胃口。医生点着了一根香烟，眯着眼睛审视着时间旅行者。那个沉默的人此刻似乎嘴更笨了，不停地闷头喝着香槟酒，借以掩饰内心的紧张。

终于，时间旅行者推开盘子，环视着众人。"我必须向诸位表示歉意，"他说，"刚才实在是饿疯了。我的遭遇太惊人了。"他伸手拿了一支雪茄，并切去尾部。"还是去吸烟室吧，总不能在这些油腻的盘子前讲述那个长长的故事吧。"他顺手拉了铃，带领我们走进隔壁房间。

"你对布兰克、达什和肖兹讲过时间机器的事了吗？"他一边问我一边斜靠在安乐椅中，叫出了三位新客人的名字。

名师导读

　　除去编辑和记者，你觉得哪个是沉默者的名字？

名师导读

人在经历了一些奇妙惊险的遭遇之后，就会急于与他人分享，时间旅行者此刻的心情我们应该理解。

"可这种事只能是瞎扯。"编辑说。

"今晚我无法辩论。如果大家愿意听的话，我只想把经过告诉你们，但我不想争辩。"他继续说道，"我就把我的遭遇和盘托出，但请不要打断我的话。我很想把这个故事讲出来，大多数内容听起来一定是荒谬无比的，但事实就是那样！绝对都是真话！下午四点钟的时候，我还在实验室里，随后，我度过了八天谁也不曾经历过的生活！我现在非常疲惫，但是，不讲完我的故事我是不会去休息的，讲完了再上床睡觉。但不能打断我！都同意吗？"

"同意。"编辑说。我们也都跟着说"同意"。于是，时间旅行者开始讲述我下面记录的这个故事。他先是靠在椅子里，以疲惫的腔调讲着，后来越说越起劲。记录时，我由衷地感到我文字能力上的欠缺，无法传达出其中的精彩。

我想,你们会十分仔细地去读,但是那个讲述者在昏黄的灯光下的苍白而又严肃的脸,你们是无法目睹的,也无法听到他讲话的语气和声调。他的表情随着故事的发展而不断变化。我们这些听众大多坐在暗处,吸烟室里的灯光打在记者的脸上和那位沉默者的小腿上。刚开始,我们还不时地相互交换一下眼色,没过多久,就再也不去看别人的表情了,只是两眼紧盯着时间旅行者的脸。

名师导读

时间旅行者说话声调和脸上表情的变化表现了他对自己遭遇的态度和感受。

第三章　到未来去

时间旅行者竟去了趟未来,他真的做到了!穿越时空的感觉,一定很刺激。等不及了,我们现在就去体验一下。

名师导读

时间机器的部分破损表明,时间机器在时间旅行者的可怕经历中也未能幸免。

"上周四,你们中的几位听我讲过时间机器的工作原理,并且参观了实验室中那架即将完工的实物。机器现在还在那里,这次旅行之后,确实已有些破损,一根象牙棒裂了,一根黄铜横杆也走了形,但其余部分完好无损。按照原定计划,上周五就能完工,可是在那天,当组装即将结束时,我发现有一根镍棒短了整整一英寸,只好重做。因此,整台机器直到今天上午才完工。在今天上午十点钟,我的第一架时间机器诞生了。最后我轻轻地拍着这台机器,把所有的螺丝都上紧了,又在石英杆上加了几滴机油,然后坐到驾驶座上。我当时不知道接下去会发生什么,也许,这等于举枪对准自己的脑袋。我两只手各握住一根启动控制杆,先拉下了第一根,紧跟着又拉下了第二根。

一时间我感到天旋地转,像是在噩梦中向深渊坠落。我环视了一下四周,实验室还是原来的样子。难道发生了什么事?我立刻怀疑是自己的脑袋有点不清醒了。此时我注意到了钟,刚才还指在十点多一点的地方,可眼下已经快三点半了!

"我深吸一口气,咬紧牙关,双手

名师导读

　　一切都发生得很突然,那时间旅行者是什么时候给医生留的纸条?

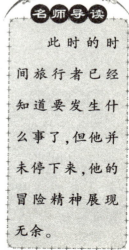

名师导读

　　此时的时间旅行者已经知道要发生什么事了,但他并未停下来,他的冒险精神展现无余。

紧握启动控制杆，机器发出了'轰'的一声。实验室里变得朦胧、黯淡了。瓦切特夫人走了进来，显然她没有看见我，接着又朝通向花园的门走去。她本该用大约一分钟的时间走过那里，可我感觉她好像是以火箭般的速度穿过了房间。我把启动控制杆拉到极限的位置，夜晚就像关灯那样，在瞬间降临，再一转眼，已到了明天。实验室里昏暗而朦胧，接着光线越来越暗。明天的夜晚来临了，接着又是白天、黑夜、白天，越变越快。机器旋转的轰鸣声充斥着我的耳鼓，一种前所未有而又难以名状的慌乱感袭上心头。

"恐怕我难以形容时间旅行中的种种奇特感受。那是极其令人不快的，就像人们在急降铁路上——只得

词 语 解 释

急降铁路：英国公园中常常设置的一种玩具铁路。

听天由命,一直冲下去！我也有那种即将粉身碎骨的可怕预感。我加速后,昼夜的交替快得像一只黑翅膀在扑打。光线黯淡的实验室似乎立刻就要离我而去。我看见太阳快速地跳过天空,每分钟都在跳着,一分钟标志着一天。我估计实验室已经毁掉了,我已经进入了旷野。我好像看到了脚手架,但我的速度太快了,无法看清移动中的物体,甚至行动最慢的蜗牛也都飞快地从视野中消失了。黑暗与光明飞速交替着,这种闪烁刺痛了我的眼睛,在断断续续的黑暗中,我看见月亮的相位迅速地由新月到满月地变化着,有时也看到那乍明乍灭的满天星斗。我继续行进,速度还在加快,昼夜的跳转已经快得变成了一片不再闪烁的灰色,天空呈现出美妙的

名师导读

你有坐在飞快行驶的火车上向窗外看的经历吗？如果有,你可以将火车的速度想象得飞快,你或许就能理解时间旅行者此时无法看清物体的状态。

深蓝色，犹如破晓时分的壮丽晨晖。霍然升起的太阳变成空中的一道火线，一座光辉灿烂的拱门，月亮也变成了一条暗淡的飘带。我没有看到星星，只是见到蓝色的天空中不时闪现出一道明亮的光圈。

"景色一片模糊，此时我还在这所房子坐落的山腰上，山脊高耸在我上面，暗淡而模糊。我看见树木的生长和变化像一团团水蒸气，此时是褐色，彼时又是绿色。它们成长、蔓延、迎风摇摆、枯萎凋零。我看见巨大的建筑物拔地而起，影影绰绰，又像梦一般地消失了。整个地球表面好像都已经变了——在我的眼前融化了，并流动着。刻度盘上记录速度的小指针越走越快，我注意到太阳的轨迹形成的光带，在夏至和冬至点之间来回晃动，在一分钟或者更短的时间内，一年就过去了。时间一分钟一分钟地流逝，白雪掠过大地又消失了，接踵而来的是明媚而短暂的春天。

"刚开始时那种不舒服的感觉现在不那么强烈了，它最终变成了一种歇斯底里的狂喜。我的确感到机器笨拙的摇晃，不知道这是什么缘故。可我的脑子里非常混乱，也顾不上多想了。就这样，我疯狂地把自己抛向未来。起先，我几乎没想到过要停下来，除了那些新奇的感受之外我什么都不想。但是目前其他的新印象也在我的心中滋长出来——某种好奇心和随之而来的恐惧——直到最后它们完全控制了我。我想，当我走近了观察那个在我眼前飞跑并晃动的昏暗世界时，什么前所未知的人类前景，什么在人类未充

名师导读

　　时间旅行者对时间机器具有极其狂热的痴迷，对于具体的实施计划却从未想过，这就为他之后的惊险遭遇埋下伏笔。

分发展的文明之上的奇妙宏图，它们都不可能出现。我看到宏伟壮丽的建筑在我身旁升起，比我们这个时代的任何建筑都要雄伟，但是，它们好像都处于闪光和薄雾之中。我看见一片比刚才更浓的绿色涌上山坡，并且留在那里，丝毫没有冬日的侵扰。即使我的眼中充满了紊乱的东西，可地球看上去似乎仍然很美。于是我打算停下来了。

"停下来可能会有的最大危险是，我或者时间机器所占的空间里已经有其他事物存在。只要我高速穿越时间，这就无关紧要了。或者可以这么说，我变得稀薄了，像水蒸气一样在物质媒介中游动！可是一旦停下来，我的一个个分子就会同挡住我去路的东西的分子相撞，这也就意味着我的原子同障

词语解释

紊　(wěn)
乱：指杂乱，纷乱。

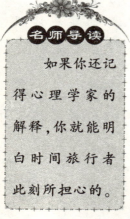

名师导读

如果你还记得心理学家的解释，你就能明白时间旅行者此刻所担心的。

碍物的原子发生紧密接触，以致产生剧烈的化学反应，也许是一次大爆炸，其结果就是我和时间机器都被炸到未知世界里。在制造这部机器的时候，我一再地想到这种可能性，但我把它当作一种不可避免的冒险欣然接受！现在这危险已近在眼前，我的情绪也不那么乐观了。事实上，这绝对是不可思议的，机器刺耳的噪声和摇晃，尤其是长时间下坠的感觉，已使我快要神经错乱了。我对自己说，绝对不能停下来，可一阵暴怒又使我决定立即停下来。我像个急躁的傻瓜，拉下控制杆，机器飞旋着，把我头重脚轻地甩了出去。

"我耳中响起了雷鸣般的声音。我也许是昏厥了一小会儿。无情的冰雹在我周围嘶嘶作响，我坐在翻倒的机

名师导读

在飞速的时光穿梭中，时间旅行者的情绪也极不稳定地发生变化，在回忆过去的经历时他称自己为"急躁的傻瓜"，说明他对自己的未来之旅仍心有余悸。

器前的一片柔软的草地上。一切似乎都是灰蒙蒙的，但我马上就注意到耳边的噪音已经没有了。我环视了一下四周，似乎自己正身处于花园里的一块小草坪上，草坪的周围长满了杜鹃花。我看到这些紫红色的花被冰雹打落。在地上弹跳着、舞蹈着的冰雹来自于时间机器上空的云朵，它们像一阵烟雾一般在地面上跑动着。转眼间，我浑身上下都湿透了，'这对一位走过无数岁月前来看你的人，'我说，'真算得上是盛情款待！'

"此时，我觉得不能让自己这么傻乎乎地被淋着。我站起身来，朝四周观望了一下，雾蒙蒙的风雨里，隐约之中，我看到了一座白色的石头塑像矗(chù)立在杜鹃花丛的后面。此外，就

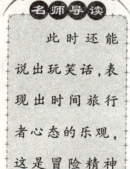

名师导读

此时还能说出玩笑话，表现出时间旅行者心态的乐观，这是冒险精神所不可或缺的。

什么也分辨不出来了。

"我的感受实在难以用语言来表达。冰雹逐渐稀疏了,白色塑像清晰地显示在我的视野中。它很高,一棵白桦树的树尖才到它的肩膀处。塑像是大理石的,样子有点像长着翅膀的斯芬克斯,不过,它的翅膀不是垂着的,而是伸展开来,好像在翱翔。我估计底座多半是青铜铸的,上面已生了厚厚的一层铜锈。塑像的脸恰好正对着我,两只根本看不见的眼睛似乎在注视我,嘴角挂着淡淡的笑意。它饱经风霜,显露出一副叫人难受的破旧。我站在那里打量了一阵子——半分钟,或许是半小时。塑像随着冰雹的疏密变化好像在前移和退后。最后我把目光转向了别处,只见冰雹织成的幕布已经破

词语解释

斯芬克斯:希腊神话中的带翼狮身女怪。

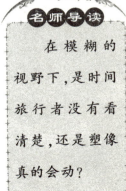

名师导读

在模糊的视野下,是时间旅行者没有看清楚,还是塑像真的会动?

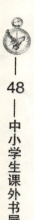

碎了,天空放晴,太阳就要出来了。

"我有一次抬头看着那座蹲伏着的白色塑像,突然觉得我的这次旅行实在是一种过于莽撞的行为。这朦胧的雨雾散去后会出现什么呢?这个时代的人会怎么样呢?要是他们都残忍成性该怎么办呢?要是人类在这段漫长的时间里已经彻底丧失了人性,变成了极端冷酷和凶狠的非人生物,我又该怎么办呢?我也许会变得像远古时代的一只野兽,被人们毫不留情地宰杀。

"我看到了别的庞然大物——栏杆交错、立柱高耸的巨大建筑,以及林木茂盛的山坡,也从稀疏的雨幕中显露了出来。我越来越感到惊恐,猛然转身,跑到时间机器旁,使出浑身

名师导读

　　模糊不清的未知总是令人敬畏的,若加上糟糕的不好的想象,则是令人恐惧的。

的力气想把它翻过来。此时,太阳出来了,驱散了风雨。天空中的几片残留的乌云也很快消失无踪。矗立在我周围的巨大建筑物在雨后的阳光下闪烁,尚未融化的冰雹把它们衬托得更加洁白耀眼。我无助地站在这个陌生的世界里,也许就像一只晴空中的小鸟,知道老鹰在盘旋并随时都会扑下来。我被恐惧弄得要发疯了。我吸了一口气,咬紧牙关,手脚并用,再次用尽全力抓住机器。机器终于被我翻了过来,但它在我的下巴上狠狠地撞了一下子。我一手抓驾驶座,另一只手抓控制杆,气喘吁吁地准备登上机器逃掉。

"但是,在我从仓促撤退中清醒过来的同时,也找回了自己的勇气。我带

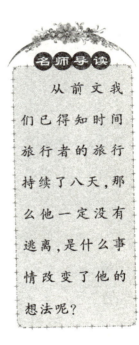

名师导读

　　从前文我们已得知时间旅行者的旅行持续了八天,那么他一定没有逃离,是什么事情改变了他的想法呢?

着更多的好奇心和无畏感打量着这个遥远的未来世界。我看见近处一座房子墙上的圆门里，有一群身穿华丽软袍的人，他们也发现了我，朝我这边张望着。

"接着我听见有声音在向我靠近，我看见许多人跑过白色斯芬克斯像旁边的树丛，其中一个出现在一条通向我所在草坪的小路上。他是个矮小的家伙——也许才四英尺高——身穿紫色的束腰外衣，腰里系着皮带，脚上穿的是凉鞋还是靴子我不能清楚地辨别出来。他裸露着小腿，头上也没戴帽子。这时我才注意到天气是多么温暖。

"使我吃惊的是，他是个非常漂亮而优雅的人，但看上去也非常脆弱。他那红润的面孔使我联想到更加漂亮的

词语解释

英尺：根据人脚长度而定的古时和现代的各种长度单位中的任何一种；尤指一般用于英语国家的长度单位，等于12英寸。

肺病患者——就是我们过去经常听说的那种肺病美人。看到他的这副模样，我突然又恢复了自信。我把手从时间机器上放了下来。"

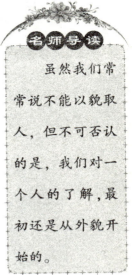

名师导读

虽然我们常常说不能以貌取人，但不可否认的是，我们对一个人的了解，最初还是从外貌开始的。

第四章　未来的人

克服内心恐惧的时间旅行者没有立即离开,他友好地结识了未来人。未来人是什么样的?是否跟我们有一样的长相,吃同样的东西?别着急,相信时间旅行者会给我们满意的答案。

名师导读

　　未来人首先笑了起来,这从一方面说明他们很可能过着没有威胁的生活。

　　"转眼间,我和这个属于未来世界的虚弱的家伙面对面地站着。他径直走上前,看着我的眼睛笑了起来。他一点都不害怕,这给我留下了深刻的印象。随后,他转身用一种古怪但声调清脆甜美的语言对后面的两个同伴说话。

"其他人也向这边走过来,不一会儿,一群像他一样精巧的小家伙围住了我。他们大约有八九个人,其中一个和我打了声招呼。这声音让我觉得非常奇怪,我想我的声音对于他们来说,恐怕是显得过于低沉刺耳了。于是我摇了摇头,用手指着自己的耳朵,又摇了摇头。他朝前走了一步,犹豫了一下,然后碰了碰我的手。这时我感到后背和肩头也有柔小的手在触摸,他们是想确定我是不是真实存在的,这根本没什么可大惊小怪的。这些漂亮的小人身上,有某种能使人产生信赖感的东西——他们温和、优雅,还有些孩子气。此外,他们看上去又是那样脆弱,我完全可以像玩九柱戏那样一口气打倒一打他们这样的人。不过,当我

词语解释

九柱戏:起源于公元3-4世纪的德国,被认为是现代保龄球运动的前身。

名师导读

　　时间旅行者的恐惧已经完全打消,他非常确定自己的安全,但他回来时的狼狈样又不得不让我们怀疑这一点。

　　看到他们用粉红色的手去触摸时间机器时,我赶紧做了个表示警告的动作。还好,我及时想到了一个我一直疏忽的危险,于是我把时间机器的启动控制杆卸了下来,放进了口袋。然后,我又转过身来,琢磨着该用什么方式和他们交流。

　　"这时,我更加仔细地观察了他们的容貌,在他们那像德累斯顿(德国萨克森州的首府)瓷器一般精美的脸上,我看到了某些独特的东西。他们都长着齐颈的卷发,脸上非常干净,连根毫毛都看不到,耳朵和嘴巴都很小,嘴唇既薄又红润,下巴又小又尖,眼睛大而温和。也许是出于自尊自大的缘故吧,我觉得即使这样,他们仍然不如我期望的那样有趣。

　　"他们并不怎么努力地和我沟通,

只是站在我身边笑着，并且彼此轻声说话。我开始和他们交流，指了指时间机器和我自己，然后为了不知如何表示时间而犹豫了片刻，随后我指了指太阳。一个穿紫白格衣服的特别漂亮的小家伙马上顺着我的手势，令我吃惊地模仿了一声雷鸣。

"尽管他的意思很明了，我一时间还是不知所措了。我猛然间想到了一个问题：这些小东西是白痴吗？你们也许不知道我为什么会这么想。我一直认为千百年后的人类在知识、艺术和其他任何领域都会远远超过我们。可他们中的一个却突然问我是不是乘着雷雨从太阳上下来的！通过这个问题，可以看出他们仍处在我们五岁儿童的智力水平上，这有助于我对他们的衣着、柔弱无力的四肢和虚弱的外表做

名师导读

旅行者对未来人的最初印象与之前他对时间机器寄予的宏伟希望形成对比。但我们不应该忽略未来人的建筑以及那座斯芬克斯像，他们如此瘦小羸弱，高大的建筑是谁建造的呢？

出正确的判断。一种失望感油然而生，我顿时觉得造这台时间机器毫无意义。

"我点点头，指着太阳，惟妙惟肖地发出了一声霹雳，使他们大为震惊。他们全都倒退了几步，一个劲地向我鞠躬。这时，其中一人对我笑着，把一串我从未见过的鲜花挂在我的脖子上，他的这个创意获得了一片悦耳的欢呼声。立刻，他们全都跑去采摘鲜花，笑着把花扔到我身上，直到我几乎要被花朵淹没了。你们从没见过那种场面，所以恐怕想象不出漫长的文明创造了何等精致和美丽的花。接着，他们中的某些人建议，他们的玩具应该被弄到最近的建筑物里去展览，于是他们带我走过那座对我的惊讶报之以微笑的白色大理石斯芬克斯像，朝一

名师导读

　　时间旅行者自称是"他们的玩具"，进一步表现出未来人对其没有丝毫恶意。

座石头已被侵蚀的灰色大厦走去。当我跟着他们走时，我又想起了我对一个深沉的、智慧的后代所具有的信念，不由得高兴起来。

"那幢建筑非常庞大，并且有一个巨大的入口。小人越聚越多，幽暗、神秘的大门朝我张着嘴，这些吸引了我的注意力。越过他们的头顶，我眼中的这个世界给我留下的整体印象，是一座长满美丽的鲜花和灌木丛的花园，这花园虽然无人看管却不生杂草。我看到许多奇异的白花高耸着，花瓣有一英尺宽，像打过蜡一样光滑。它们就像草地上的野花一样散布在斑驳的灌木丛里。不过，当时我没有仔细研究这些花。时间机器被留在那片杜鹃花环绕的草地上。

"门廊上精雕细刻，当然，我没能

名师导读

希腊神话中，斯芬克斯是被人类的智慧打败的，旅行者高兴的想法正是基于这一点。

腓尼基人：
历史上一个古老的民族，生活在今天地中海东岸，他们曾经建立过一个高度文明的古代国家。

仔细地去观察这些雕刻。但是我从它们下面经过时，看到了与腓尼基人的装饰艺术相似的图案，我印象中它们因风雨的侵蚀已经严重破损。几个衣着更漂亮的人在门口迎接我，于是我们走了进去。我身上穿的是十九世纪的深色外衣，脖子上挂着花环，看上去十分可笑。一大群人围着我，他们穿着既柔软又艳丽的袍子，手臂和小腿的皮肤白皙而光滑，我沉浸在一片悦耳的笑声和欢快的交谈声中。

"大门通向一个大厅，厅里挂着褐色的窗帘。屋顶笼罩在阴影中。温暖的阳光，透过窗户上的彩色玻璃照了进来。地面是用某种大块的白色金属铺就的，不是金属板而是坚硬的金属块。地面严重磨损，恐怕是由于过去世世代代的人在上面来回走动的缘故，以致主道上都磨出了深沟。大厅里横放着许多光滑的矮石桌，上面堆满了各种水果，其中有些水果我能认出来，是硕大的草莓和橘子，但大部分的水果我根本没见过。

"桌子旁边的地上，散放着许多垫子。带我进来的那些人坐上了垫子，然后打着手势让我也坐下。没有进行任何仪式，他们立刻开始吃水果，把果皮之类的东西扔到桌旁的圆坑里。我实在是又渴又饿，所以也不客气了，学着他们的样子，大吃起来。但是我吃水果的同时，还在偷偷观察这个大厅。

"大厅的破旧是最让我感到吃惊的。窗户脏兮兮的，污迹斑斑，像是画上了古怪的图案，而很多玻璃都破碎不堪，窗帘的下摆上有厚厚的一层尘土。我身旁的一张大理石桌子也掉了

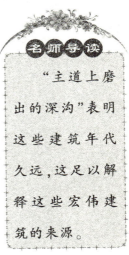

"主道上磨出的深沟"表明这些建筑年代久远，这足以解释这些宏伟建筑的来源。

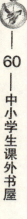

一个角。不过，这地方给人的总体感觉，还是算得上别致而富丽的。厅里数百号人在进餐，大多数人都尽量坐得离我近一些，他们一边吃水果，一边用明亮的小眼睛好奇地打量我。他们都穿着同样柔软而结实的绸制衣服。

"顺便说一下，他们只吃水果，我们这些生活在遥远的未来时代的子孙们，是严格的素食者。尽管我嗜肉如命，现在也不得不入乡随俗，以果代肉了。的确，后来我发现，像马、牛、羊和狗等家畜，都已经灭绝了。不过，这些水果非常可爱，尤其是那种有三角外壳的面质果实，特别可口，我一直把它当作自己的主食。起初，我被来到这里之后看到的奇异的花果所迷惑，但后来我逐渐理解了它们的内在意义。

"你们看，我正在对你们讲述我在

遥远未来吃水果大餐的情形。当我觉得吃饱了之后，立即决定学习他们的语言。我拿起一个水果，做着手势叽里咕噜地询问着，可就是难以清晰地表达我的意思。一开始，我的尝试换来了他们的惊讶和哄堂大笑，不过很快就有个金发的小家伙明白了我的意图，并向我重复着一个词。我开始模仿他们优美语言中的短音节，这又把他们逗得捧腹大笑。我像个虚心求教的小学生那样坚持不懈，很快就学会了十几个名词，而且达到可以随意使用的程度。接着我学了指示代词，甚至还学了'吃'这个动词。但这可不容易啊，因为那些小人很快就不耐烦了，都在回避我的提问，于是我只得等他们想教我的时候点点滴滴地学。过了一段时间，我发现自己学到的东西真是少得

名师导读

作者曾对时间旅行者的聪明大加赞赏，看来不是没有原因的。

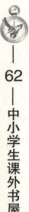
可怜。我从没有碰到像他们那么懒惰，那么容易疲倦的人。

"我很快发现，这些小人对什么都缺乏持久的兴趣。他们像孩子一样惊奇地向我跑来，但也像孩子一样很快就停止对我的观察，逛到别处找其他的玩具去了，这可真是奇怪。集体晚餐似乎结束了，那些围着我的人几乎已经走光了。同样奇怪的是，我也很快对那些小人失去了兴趣。我填饱了肚子之后，再次来到外面的草地上。我接连不断地遇上这些未来人，他们总是跟我走上一阵，互相议论着我，并且友好地笑话我，然后打着手势走开，撇下我和我的时间机器。

"我走出大厅时，黄昏的宁静已降临大地，夕阳照亮了四周的景色。一开始，这里的任何事物都使我费解，一切都同我熟悉的世界截然不同，甚至连花草都不一样。我回身看那幢我刚才在其中用餐的高大建筑，它坐落在一个大河谷的坡上，可能是泰晤士河从它现在的位置偏移了大约一英里。我决定登上约一英里外的一个山峰，以802701年的目光打量一下我们这颗行星。这里需要说明一下，这个年份是时间机器的小转盘上显示给我的时间。

"我边走边用心观察，想找到解释这壮观的废墟的线索，这真是一片废墟啊。比如，小山上是一大堆用大块的铝固定住的花岗岩，形成一个悬崖和断墙的大型迷宫。在迷宫中间，生长着一丛丛茂密而又异常美丽的塔形植物，叶子是褐色的，非常漂亮，而且不扎人。据我的判断，这是某个庞大建筑物的废墟，到底为什么而建，我就无法

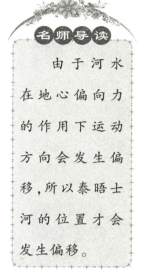

名师导读

由于河水在地心偏向力的作用下运动方向会发生偏移，所以泰晤士河的位置才会发生偏移。

得知了。在以后的日子里，我注定要在这里遇上更加奇特的事情，不过，这要留到后面再说。

"我正坐在一个平台上休息，但突然想起了什么，就站起来向四周观望。绿草<u>丛</u>中到处都是宫殿式的建筑残骸，但是像我们所处时代的英国风情的房子和小屋却已不见踪影。

"'共产主义社会。'我对自己说。

"紧接着我又想到别的事情。我看着那五六个跟着我的小家伙，他们全都穿着同样的服装，有着柔软光滑的面容，浑圆的少女似的肢体。你们或许会感到奇怪，我以前居然没有去细想<u>这些</u>事情。但这一切太奇怪了，这次，我把他们的脸看得十分清楚了。从服装和性别差异上来看，这些未来人都是一个模样。小孩子在我眼中，不过只比他们的父母亲小一号而已。于是我立刻得出结论,这个时代的孩子成熟得很早,至少在生理上是这样。后来,我找到了证实这个看法的充分依据。

"看到这些人生活得如此安逸、悠闲,男女相貌的接近也就因此而显得合情合理了。由于在生理上男刚女柔,家庭的建立,以及社会分工的不同都只是为了适应体力时代生存的需要。在人口众多而男女搭配失衡的地方,生殖泛滥对于一个国家来说是一种灾难。在暴力罕见和后代安居的地方,家庭对生活效率的要求非常低,在对孩子的需求上,做到了男女平等。即使在我们今天这个时代里,该现象也已经开始出现。在那个未来世界里,这种转变彻底完成。现在我要提醒你们,这只是我当时的想法,后来我才明白这种

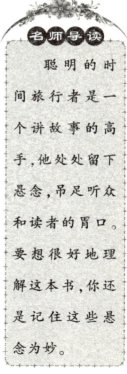

名师导读

聪明的时间旅行者是一个讲故事的高手,他处处留下悬念,吊足听众和读者的胃口。要想很好地理解这本书,你还是记住这些悬念为妙。

想法是多么错误。

"正当我思考这些事情的时候，一个像井一样的美丽建筑物突然吸引了我的目光。我思路一转，心想这里居然还有这种怪井存在，接着又陷入了刚才的沉思。靠近山顶的地方没有什么大建筑物，由于我的脚力相当出色，很快就甩下了跟着我的人。我怀着一种奇怪的自由感和冒险心理继续前行，最后来到山顶上。

"在那里，我发现了一张椅子，它是用某种陌生的黄色金属做的。椅子上有一些粉红色的锈迹，两边的扶手做得像怪兽的头。我在椅子上坐下，俯瞰漫长的一天结束时在夕阳照耀下的辽阔远景。我从未见过如此迷人的风光。太阳落山了，西天一片金黄色，地平线上泛起紫红色的晚霞。下面是泰

名师导读

此段对美丽景物的描写表现了时间旅行者在认识了未来人之后轻松愉悦的心情。

晤士河旁的山谷，泰晤士河镶嵌在中间，好似一条锃亮的钢带。那些点缀在斑驳的绿树丛中的大宫殿，其中有些是废墟，有些还住着人。到处都矗立着白色或银色的塑像，到处是圆顶和方尖塔。没有树篱，没有产权标志，没有耕作的迹象，整个世界是一座荒园。

词语解释

锃亮:(zèng liàng)形容反光发亮。

"请注意，我要开始解释我见到的那些事情了，我的解释基本上是叙述我那天晚上见到的情景。

"我觉得自己遇上了正在走向衰败的人类。红色的日落使我想起人类自身的日落。我首次认识到，我们现在从事的社会劳动的古怪后果。可是，仔细一想，这又是非常合乎逻辑的后果。需求会滋生出力量，安逸会助长衰弱。改善生活条件的工作——使生活越来越安全的真正文明化过程——已稳步

名师导读

　　劳动是人类社会化进程中的一个关键因素,而时间旅行者见到的未来人却完全丧失劳动的能力,确实令人怀疑未来世界的文明。

　　走向顶峰,人类团结起来,战胜自然的胜利接连不断,对于我们来说只是梦想的事情,已变成了按计划执行的工程,并且正在付诸实施,其中的收获就是我所看到的情景。

　　"不管怎样,我们今天的医药和农业水平仍处于初级阶段,我们这个时代的科学,只征服了很小一部分的人类疾病,但即使这样,它还是持久地稳步朝前发展。我们的农业和园艺只是在各处除掉了若干杂草,或许也培养出了一些有用的植物,但绝大多数植物仍是靠自力更生的。我们通过优生学不断改良我们喜爱的植物和动物种类,比如:改良的新品种桃子,无核的葡萄,更大更香的鲜花,饲养方便的牲口等等,但是这些尝试毕竟为数不多。我们不断改良这些品种,因为我们的理想是模糊的，我们的知识非常有限，因为大自然在我们笨拙的手里也是胆小迟钝的。这一切总有一天会变得井然有序，越来越好。无论出现什么漩涡，这是潮流的必然趋势。整个世界将会变得理智和文明，充满合作精神。一切将朝着征服自然的方向越走越快。最终，我们会明智而又谨慎地重新调整动植物的平衡，以适应我们人类的需求。

"在他们这里，这个调整一定已经完成了，而且还完成得相当出色。空中没有蚊虫，地上不生杂草，到处都是可爱的水果和美丽的鲜花，蝴蝶翩翩飞舞。各种疾病也已经灭绝。我在那里生活的期间，没有见到任何传染病的迹象。我后面还要告诉你们，甚至连动植物的衰落和腐烂，也都深受这些因素

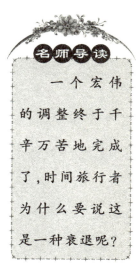

名师导读

一个宏伟的调整终于千辛万苦地完成了，时间旅行者为什么要说这是一种衰退呢？

的影响。

"社会也受到了影响。我看到人类穿着华美的衣服，居住在富丽堂皇的建筑里，却没有看见他们从事什么艰苦的劳动。没有任何斗争的迹象，既没有社会斗争，也没有经济斗争。商店、广告、交通，所有构成我们这个世界主体的一切商业行为都不存在了。在那个金色的傍晚，我不由得想到了'天堂社会'这个概念。我想，他们肯定采取了有效措施，控制住了人口的增长。

"在环境变化了之后，随之而来的必定是对变化了的环境的适应。除非是自然法则彻底错了，否则，人类哪来的智慧和活力呢？答案只有一个，是艰难和自由刺激出了人类的能力。在这样的条件下，只有积极柔韧的强者方能生存下来，弱小者只会被挤到一边

名师导读

有点像达尔文的进化论，"物竞天择，适者生存"，你觉得呢？

去。这样的条件助长有能力的人进行紧密合作，助长自律、忍耐和果断。而家庭的建立，以及家庭的温情和自我奉献，都在孩子即将遭受的种种危险里找到了正当的理由和根据。现在，这些危险在哪里呢？有一种情感正在兴起，它将不断发展，与夫妻之爱和母爱以及一切激情背道而驰。因为这些激情现在是多余的东西，它们只会使我们感到难受，感到残酷无情，是和我们轻松愉快的生活不协调的。

名师导读

当激情也成了一种多余的东西，真不知道人类的生存还有什么意义。

"我想到这些小人体格纤弱，智力贫乏，以及那大片的废墟。这使我更加坚信，这是人类完全征服了大自然之后所得到的平静。

"在绝对舒适和安全的新条件下，力量和躁动的精神就会使它变成负面的东西。即使在我们自己的时代里，因

名师导读

人类的进化源于对自然的征服,而完全战胜自然的人类则不可避免地走向衰落。当今社会,许多物种的灭绝就是因为天敌的缺失。竞争虽然有点可怕,但却是社会发展所不可或缺的。

生存的理由而产生的过分强烈的欲望,也不断地制造着人类的悲剧。例如:对于文明社会来说,好斗勇敢以及对于战争的热爱,已经不再受到崇尚,甚至还可能成为障碍。如果一个人身体健康,也没有遭受任何威胁,那么过多的体力和智力就会使他变得无所适从。我断定,这些小人根本不懂得什么是战争,他们的生活中没有暴力事件,他们不需要去征服任何野兽,没有任何疾病促使他们产生增强体质的需要,他们也没有必要参加艰苦的劳动。在这样的生活中,就不再有我们所说的弱小者和强壮者的区别。毫无疑问,我在这里所见到的精美建筑,是很久以前的古迹,那是人类精力最旺盛时的产物,也是在这座安逸的乐园形成之前,最后一次的大规模创造。这是人类激情的最高潮，之后诞生了伟大的和平。人类的精力在安全的环境下，就会走向这样的归宿，它沉湎于艺术，沉湎于色情，然后就是消沉与衰亡。

"追求艺术的冲动也终将消失，我现在看到，在他们这里，这种冲动几乎已经消失了。鲜花之美和阳光下的歌舞，就是他们仅存的全部艺术精神。仅此而已，甚至连这种冲动都会逐渐消亡。再看看我们自己的时代，我们在痛苦和欲望的磨石上不断地接受砥砺。而这块可恨的磨石，在他们那里早已破碎了！

"我站在黑暗的暮色中，感到我已经用很简单的解释掌握了世界的奥秘，也理解了这些有趣的小人的全部生活。他们在计划生育方面可能太成功了，因此，他们的人口不是保持数量

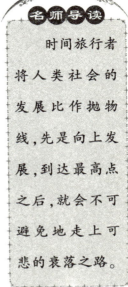

名师导读

　　时间旅行者将人类社会的发展比作抛物线，先是向上发展，到达最高点之后，就会不可避免地走上可悲的衰落之路。

词语解释

　　砥砺：(dǐ lì)即磨练或者勉励。

时间旅行者将未来人口的减少归结为成功的计划生育措施,废墟的出现正是由于人口数量的减少。但这一切真的如他所推测的吗?

上的稳定,而是越来越少了。这可以用来解释那片废墟。我的解释非常简单,也能自圆其说,就像大多数错误的理论那样!"

第五章　寻找机器

白天的未来世界和平美丽，一切都很美好。但夜幕降临之后，时间旅行者的时间机器却消失不见了。是谁偷走了他的机器，未来世界还有哪些我们不知道的秘密？带上你的好奇心，我们现在就出发。

"我站在山顶，思索着人类的这种过分完美的成功。一轮满月从空中升起，为大地洒下了银辉，欢快的小人们都已经回家去了，一只猫头鹰悄然掠过。夜晚的寒冷已经使我瑟瑟发抖了，于是，我决定下山去找个过夜的地方。

名师导读

夕阳西下，时间旅行者即将迎来在未来时间的第一晚，他还会像白天那样幸运吗？

名师导读

　　有斯芬克斯像在，旅行者到达的位置应该没有错。那一定发生了什么奇怪的事，才会令他感到害怕。或许，他惊险的遭遇就是由此开始的。

　　"我寻找着我在其中用过餐的那幢(zhuàng)建筑。这时我又打量了一下那座白色的斯芬克斯像。在逐渐明亮起来的月光下，塑像也越来越清晰可辨。杜鹃花彼此纠缠在一起，在月光下变成黑乎乎的一团。我向那片小草坪望去，冷汗一下子就冒出来了，'不，'我鼓起勇气让自己相信，'这不是我要找的那块草坪。'

　　"可就是那块草坪，因为斯芬克斯像病态的白脸是朝着它的。你们能想象到，当我确信我看到的就是我要找的草坪时，有些什么感受吗？你们肯定不能。我的时间机器不见了！

　　"我像挨了当头闷棍一样，如果时间机器出了什么差错，我可能就再也无法返回自己的时代了，我会被孤立无助地丢弃在这个陌生的世界里。

想到此处，我浑身发抖，嗓子眼发干，喘不上气来。我惊慌失措地朝山下冲去，但是跑得太急了，狠狠地摔了一个倒栽葱，脸都被划破了。我顾不上止血包扎，爬起来继续往山下跑，热乎乎的鲜血顺着脸颊和脖子往下流。我边跑边对自己说：'他们只是把时间机器挪动到路边的灌木丛里去了。'可我的双脚还是拼命奔跑。极度的恐惧往往使人头脑清醒，一路上我也完全清楚，我不过是在愚蠢地自我安慰，我的直觉对我说，时间机器已经找不到了。我呼吸急促，从山顶到这块草坪，大概用了十分钟的时间跑了两英里的路。我已经不年轻了，我边跑边浪费力气地大骂自己愚蠢，留下时间机器实在是太大意了。我大声呼喊，可听不到任何回音。这个月光

名师导读

时间机器的丢失对于时间旅行者来说可是要命的事，难道是小人们搞的鬼？但似乎不太可能。

名师导读

　　时间机器是时间旅行者回到现代的唯一途径，它的失踪对时间旅行者的打击不言而喻。

照耀下的世界，似乎没有任何活动着的生命。

　　"跑上了那块草坪，我最怕的事情就变成了摆在我面前的事实。时间机器没有了。我面对着灌木丛中的这片空旷草地，头晕目眩，浑身冰冷。我发疯一样地绕着草坪奔跑，好像时间机器就藏在哪个角落里，接着我又突然停住脚步，两手紧揪头发。那个斯芬克斯像俯视着我，麻风病似的脸在月色下显得更加苍白，它仿佛在讥笑我。

　　"要不是我想到那些小人缺乏体力和智力的话，我一定会以为是他们把我的机器摆到其他地方去了，并用这种想法来安慰自己。但令我沮丧的是，我感到我的宝贝机器似乎是在某种未知力量的影响下消失的。然而，有一点我可以确信：除非在其他某个时代里有它的复制品，否则时间机器是不会在时间里随便运动的。机器上的一些重要装置，可以防止任何人在上面做手脚。机器不见了，但它只能是在空间里发生了位移。可它到底在哪儿呢？

"我想我当时一定是有点发狂了。我记得我绕着斯芬克斯像一圈圈地跑个没完，在月光下的灌木丛里横冲直撞，惊动了一只白色的动物，在昏暗的月光下，我以为那是一只小鹿。我还记得，那天深夜我挥拳拼命打着灌木，直到手上鲜血直流。之后，我痛苦万分，又哭又骂地来到那幢巨大的建筑里。大厅里一片漆黑，毫无声息，我在高低不平的地面上滑了一下，摔倒在一张石桌上，差点把我的小腿摔断。我划亮

名师导读

某种未知的并且已经有所作为的可怕力量正在威胁着时间旅行者，会是什么呢？

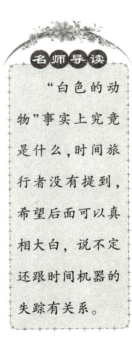

名师导读

"白色的动物"事实上究竟是什么，时间旅行者没有提到，希望后面可以真相大白，说不定还跟时间机器的失踪有关系。

一根火柴,走过落满灰尘的窗帘,这窗帘我已跟你们提到过。

"走过去时我又发现了一个铺满垫子的大厅,大约有二十几个小人睡在垫子上。我嘴里叽里咕噜,手中'啪'地划亮了一根火柴,从寂静的黑暗中突然出现在他们面前。我想,他们一定觉得我的第二次出现十分奇怪,因为他们从没见过火柴这种玩意儿。'我的时间机器在哪里?'我像个发脾气的孩子那样暴跳如雷,抓住他们使劲摇晃,把他们全都弄醒了。毫无疑问,他们无法理解我的行为,有几个人笑了,而大多数人却表现出极度的恐惧。看见他们围在我身旁,我突然意识到在这种情形下我的做法实在是愚蠢透顶,只会恢复他们对我的恐惧感。因为他们白天的行为使我觉得他们已经不再怕我。

"我猛然向人群外冲去，撞倒了其中一个人，然后跟跟跄跄地从这幢建筑物里跑了出来，来到月光下。我听见恐慌的叫喊声和他们跌跌撞撞到处乱跑的声音。我已记不清当时我都做了些什么。我想，这样举止疯狂是因为我出乎意料地丢失了时间机器。我失去了返回我的同类所在的世界的能力，成了这个未知世界里的一个怪物，我感到一筹莫展，焦虑无比。我当时肯定是叫天喊地地诅咒一切。那个漫漫长夜我是在极度绝望中度过的。在不可能找到时间机器的地方一遍遍地乱找一气，在月光下的废墟中摸索着，还惊动了黑暗中的一些奇怪的动物。最后，一头倒在斯芬克斯像旁边

词语解释

跟跟跄跄：(liàng qiàng) 指走路不稳，跌跌撞撞的样子。

的地上，我筋疲力尽，失声痛哭。除了痛苦之外，我已经一无所有。后来我睡着了。当我再次醒来时，天已大亮，几只麻雀在我身边欢蹦乱跳。

"早晨的空气十分清新，我坐起身来，一时间，我不知道自己怎么会躺在这里，心中的孤独和绝望又是哪儿来的。很快，发生过的一切在我的头脑中清晰地浮现出来。在这光天化日之下，我终于看清自己的处境了。我明白昨夜自己的疯狂行为都是愚蠢的，现在，我又恢复了理智，可以冷静地思考了。'最坏的结果又会是怎样呢？'我对自己说，'假设时间机器彻底消失了，或者已经遭到了致命的损毁，接下来的事情就是，需要我冷静和耐心地和这些人生活在一起，逐渐弄清丢失时间机器的来龙去脉，然后我要找到获取材料的方法和途径，以便最终能再造出一台时间机器。'这是我唯一的希望，或许是可怜的一线希望，但总比绝望好。而且不管怎么说，眼前的世界虽然难以理解，但却是美丽的。

"也许情况没有那么糟糕，我的机器只是被搬到了其他什么地方。可就算是这样，我仍然需要冷静和耐心，把它找出来。用武力或者计谋都行，总之要把它找回来。这时，我朝四周观望了一下，很想找个地方洗个澡。我风尘仆仆，四肢僵硬。清风拂面的早晨使我也渴求清爽的身心。我已耗尽了我的感情，真的，在为自己以后做打算时，我都不能理解我昨夜的情绪为什么会那么激烈。我在小草坪四周仔细搜寻，还徒劳地向那些路过的小人们打听机器的下落。我尽力把意思表达清楚，他们

名师导读
在心情糟糕的时间旅行者眼里，未来世界依然是美丽的，在肯定未来世界的美丽的同时，也再次展示了他乐观的心态。

却都不明白我的手势，有的人无动于衷，有的以为我在开玩笑，乐不可支。我真想把这些笑嘻嘻的小家伙狠狠揍一顿。当然这种冲动是愚蠢的，但我实在难以抑制心中的恐惧和怒火。不过，后来我发现了草坪上有一道凹痕，这使我一下子就恢复了冷静和理智。那个痕迹就在斯芬克斯像的基座和我留下的脚印之间，而脚印是我昨天拼命想把时间机器翻过来时留下的。现在，它旁边还有其他的活动痕迹，一些很狭小的脚印。我仔细地观察着那个基座，这个铜基座不是由一整块铜构成的，它的两侧有带框的嵌板。我走过去敲了敲嵌板，发现基座是中空的，而且嵌板与框架并不连在一起。嵌板上没有把手也没有钥匙孔，可见这些嵌板如果的确是门，就一定是从里边开的。

名师导读

终于有线索出现，相信聪明的旅行者很快就能找到时间机器。

我的直觉确定地告诉我，我的时间机器就在这基座里面。但它是如何被弄进去的呢？我百思不得其解。

"正在这个时候，有两个身着橘红色服装的人穿过灌木丛，从开满鲜花的苹果树下朝我这边走了过来。我对他们笑了笑，招手示意他们过来。等他们站在我身旁之后，我指着铜基座，然后打着手势向他们表明，我希望能把它打开。可他们的反应非常古怪。我不知道该如何向你们描述他们当时的表情，也许有点像你对一个严肃正经的女人做了个极不正经的手势后，她所露出的表情。这两个小人像是受到了奇耻大辱似的走开了。后来我又对一个穿白衣服的漂亮小家伙重复了我的意图，结果完全一样。不知为什么，他的举动使我感到内疚。可是，我必须找

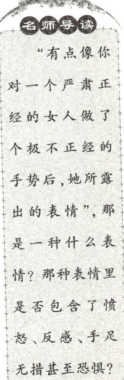

名师导读

"有点像你对一个严肃正经的女人做了个极不正经的手势后，她所露出的表情"，那是一种什么表情？那种表情里是否包含了愤怒、反感、手足无措甚至恐惧？

回我的时间机器,于是我又向他表达了一遍我的意思。他也和其他那两个人一样,转身就走。我生气了,追到他身后,一把揪住他宽松的领口,把他拖向斯芬克斯像。但是,当我看到他脸上的那种恐惧和反感的表情后,我一下子松开了他。

"可我还是不死心,用拳头敲打着那些铜制的嵌板。我想我听到里面有动静——说明白点,我觉得那是咯咯的笑声——但我一定是搞错了。后来,我从河边捡了一块鹅卵石回来,使劲地敲,装饰的花纹被我敲平了,大块大块的铜锈哗啦啦地往下掉。我想,在方圆一英里之内,任何人都可以听到我的阵阵敲击声,不过,并没有人上前来阻止我,也没发生什么意外的事情。我看见有一群人站在山坡上默默地望着我。最后我又饿又累,浑身冒汗,只得坐下休息,并看守住这个地方。可我这个人是坐不住的,我可以花几年的时间克服一个难题,但让我消极地死守二十四小时却实在难以忍受。

"过了一会儿,我站了起来,茫然地穿过灌木丛,再次朝小山走去。'要有耐心,'我对自己说,'你如果还想把你的时间机器弄回来, 就不要去动那斯芬克斯像。如果他们真想拿走你的机器, 你去砸那些铜嵌板也是无济于事的。如果他们并不想占有它,到时候就可以从他们手里要回来。发生了这样棘手的事情,你待在这些陌生人中间不会得到什么帮助,那只会让你产生偏见。要面对这个世界,去观察它、研究它,去了解它的规律。而且必须小心谨慎,不要急于下结论,最终你

名师导读

痛苦的确很难熬,尤其是在人们只能无可奈何地等待的时候。

会发现线索的。'这时，我回想了一下，觉得自己做的事情实在滑稽可笑：这几年来我埋头书斋，历尽了艰辛，终于来到了未来时代，可现在又急着想离开它。我为自己挖了一个最复杂、最无聊的陷阱。虽然我这是自讨苦吃，可还是身不由己。想到这里我高兴地笑出声来。

"走过那幢大建筑物时，我觉得小家伙们好像都在躲我。这也许是我的错觉，也许跟我砸塑像基座的铜门有关。然而，我确实感到他们在躲避我。不过我很谨慎，装作什么也没发生过一样，同时克制自己不去惊扰他们。几天后，一切又都恢复了正常。我在语言方面也学习了更多的东西，取得了不小的进步，我继续四下里探险。要么是我没体会到细微之处，要么就是他们的语言过于单纯——几乎只有表示具体意义的名词和动词，而抽象词寥寥无几，比喻性词汇几乎不用。他们的句子通常很简单，只有两个词，不过我只能表达或理解一些最简单的话。我决定尽量先不去想时间机器和斯芬克斯像基座里面的谜，等我有了足够的了解后自然会来重新思考这些问题。

词语解释

寥寥 (liáo)
无几：寥寥，稀少。指非常稀少，没有几个。

"就我目前所见，整个世界都像泰晤士河谷那样富饶而丰茂。无论我爬上哪一座山，都能看到同样辉煌的建筑物，风格和建筑材料却各不相同，应有尽有。我看到了同样的常青灌木丛，同样开满鲜花的树和蕨(jué)类植物，处处水明如镜。再往远处看，大地和起伏的青山连成一气，最终消失在悠远的天际。这时，有一个特别的景象引起

了我的注意。我看到一些圆井，其中有几口似乎非常深，有一口就在我第一次上山走的那条路边。像其他的井一样，这口井也被样子古怪的铜栏杆围着，上方还盖有一个遮雨的小圆顶。我坐到这些井旁朝黑乎乎的井下张望，井水似乎完全没有反光，划亮火柴后也看不出什么情况。所有的井里都传出砰砰的声音，像一台正在运转的大发动机的声响。在火柴光的照耀下，我发现有一股稳定的气流向井下冲，于是我又把一张纸扔了下去，纸不是缓缓飘落下去，而是一下子给吸了进去，消失得无影无踪。

"又过了一会儿，我把这些井和山坡上随处可见的高塔联系起来，因为高塔的上方经常出现那种在烈日下的海滩上可以看到的闪光。这些现

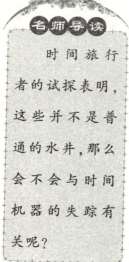

名师导读

　　时间旅行者的试探表明，这些并不是普通的水井，那么会不会与时间机器的失踪有关呢？

象，在我的头脑中形成了一种概念，那就是地下很可能有一个庞大的通风系统，但它的真正意义就难以想象了。我刚开始总是喜欢把这个通风系统和这些人的卫生设施联系在一起。这是个顺理成章的结论，但是，它完全错了。

"我必须在此承认，我在这个真实的未来世界生活期间，对他们的下水道、钟、运输工具等便利设施几乎一无所知。在我读过的关于乌托邦和未来时代的一些幻想著作中，对于建筑和社会公共设施都有大量的详细描述。当一个人用他的想象力来建构整个世界时，并不难向读者提供细节。而对于真正置身于这种现实中的游客，对于细节就难以得知了。还记得伦敦流传的那个故事吗？说的是有个黑人

词语解释

乌托邦：本意为"没有的地方"或者"好地方"，延伸为还有理想、不可能完成的好事情。其中文翻译可以理解为"空想的国家"。

刚从中非来到文明世界，但马上又要返回他的部落去。我想他是无法了解铁路公司、社会活动、电话线、电报线、包裹投递公司、邮政汇票和诸如此类的玩意儿的。但是，我们至少是乐意向他解释这些事情的。可即使他已经搞懂了这些事情，回去后他又能让他的朋友们理解或相信多少呢？那么，想想吧，相对于未来时代和当下时代的阻隔来说，一个黑人和一个白人在我们自己时代里的阻隔实在是太微不足道了。一定有许多使我感到安慰的东西我还没有看见。但是除了对他们的自动化组织有一个朦胧的印象外，恐怕我对你们也讲不出多少其中的不同。

　　"比如丧事吧，我根本没有看到过类似火葬场的地方，也没有看见任何像是坟墓的东西。当然，在我没去过的地方也许会有公墓或者火葬场。这又是我故意摆在自己面前的一个问题，但我在这个问题上的好奇心很快就受到了彻底的挫败。这件事情令我感到迷惑，因此我需要进一步说明另一件更使我感到困惑的事：这个民族中没有一个衰老的。

"我必须承认，起初，我通过观察得出了自动化文明和退化的人类这一理论，当时我感到很满意，但这种满足感没有持续多久，而我又想不出其他的解释。让我来说说这其中的困难吧。我去过的那些大宫殿只是生活区、大餐厅和睡觉的公寓。我没有发现任何机器和装置之类的东西，可这些人身上穿着漂亮的纺织品，这些衣服肯定是需要不断更新的消耗品，他们的凉

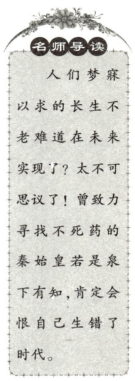

名师导读

人们梦寐以求的长生不老难道在未来实现了？太不可思议了！曾致力寻找不死药的秦始皇若是泉下有知，肯定会恨自己生错了时代。

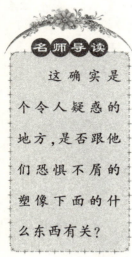

名师导读

这确实是个令人疑惑的地方,是否跟他们恐惧不屑的塑像下面的什么东西有关?

鞋虽然造型天然,却也是相当复杂的机造产品,反正这些东西一定是机器造出来的。而我在这些小个子身上看不到丝毫的创造力,他们的世界里没有工厂,没有商店,也没有任何商品贸易的迹象。他们只是用斯文的玩耍打发时光,他们在河里洗澡,漫不经心地谈情说爱,吃水果和睡觉。我真不明白他们的物质生活资料是怎么来的。

"现在我又要说时间机器了。我觉得肯定有什么我难以想象的怪东西,把它弄到斯芬克斯像的基座里去了。但这么做到底为什么我就百思不得其解了。还有那些枯井,那些闪光的柱子,都使我感到莫名其妙。我觉得,怎么说呢?这就像你发现一篇由浅显英文撰写的碑文,但上面却有一些你根本看不懂的怪符号一样。在我到达的第三天，802701年的世界就是这样出现在我面前！

"也是在那一天，我结识了他们中的一个人，甚至可以算作朋友了。事情的经过是这样的：当时，我正看着那些小人在浅水里沐浴，其中一个好像是突然抽筋，顺着湍急的水流漂走了。但是，水并不很深，即使水性一般的人也应该能应付。可是，那些小人却眼睁睁地看着同伴沉下去，任凭她拼命呼救，都无动于衷。当我明白过来之后，赶紧脱掉衣服，在下游蹚水过去抓住了那个小家伙，把她安全地拉上了岸。我为她做了一会儿按摩，她就苏醒了。我离开时她已经完全没事了，救了一个人，这使我也觉得很满足。我以为这些小人并不怎么重视感情，所以也就没指望她的任何答谢。可这下我又错了。

"救人的事发生在早上，到了下午，我正从探险地返回，遇上了那个女人，就是那个被我从水里救上来的女人，这肯定是没错的。她欢呼着迎上来，献给我一个很大的花环，这花环显然是专门为我做的。你们知道，我一直是独身的，所以这个小女人使我想入非非。我尽量表示出我对她的礼物十分喜欢。很快，我们就在一个小石亭里坐下来开始交谈。主要是用微笑进行沟通。这小女人的友善就像孩子的友善那样，打动了我。我们互递鲜花，她吻了我的手，我也吻了她的手。随后我又设法和她交谈，并且得知她的名字叫薇娜，但我不太清楚这个名字有什么含义，反正觉得挺合适的。我和她的奇特友谊就这样开始了，这场友谊的持续时间为一个星期，以后我会告诉你们到底发生了什么事情。

"她像个孩子一样,无论我要去哪儿,她都想跟着。后来,有一次出门,我想把她拖垮,使她精疲力竭,我好一走了之,让她在后面呼天抢地地喊我,可我又于心不忍。但是,不是每一件事情都得用顺其自然的方法来解决的。我不断地对自己说,我到未来世界来可不是为了谈恋爱的。可在我离开她出门的时候,她悲痛欲绝,分手时她的叮嘱近于疯狂,她的一往情深给我带来了同样多的麻烦和安慰。但是无论如何,这毕竟是一种安慰。我想是一种孩子般的亲情使得她对我产生依恋。等到我弄清楚了我的离去给她造成了多大痛苦,以及她对我而言有多么重要时,一切都无可挽回了。这个洋娃娃仅仅凭着她喜欢我,凭她对我的关心,就会使我走到白色斯芬克斯像附近时,

词语解释

呼天抢地:(hū tiān qiāng dì)大声叫天,用头撞地,形容极度悲伤。

名师导读

碰上一个依恋的女人,也不知幸运还是不幸。不过,这个愿意亲近时间旅行者的未来人说不定会帮助他知道很多东西。

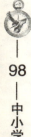

产生一种游子归家的感觉。一翻过那座小山来，我就急切寻找她娇小的身影。

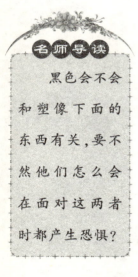

名师导读

黑色会不会和塑像下面的东西有关，要不然他们怎么会在面对这两者时都产生恐惧？

"也是从她那里，我才得知这个世界中仍然有恐惧存在。白天她什么也不怕，对我也极端信任。有一次我突然神经兮兮地朝她做了一个怕人的鬼脸，她却只是付之一笑。不过她怕黑，怕影子和黑色，黑暗是唯一让她感到害怕的东西。这是一种非常强烈的恐惧情绪，它促使我去思索和观察。后来我还发现了另一件事，他们在天黑后就聚集到那几座大建筑物里，成群地挤在一起睡觉。如果你在黑暗中靠近他们，就会引起他们的一阵恐慌。天黑后他们就不在室外活动了，而且也不会单独睡在屋里。然而，我是个脑袋不开窍的人，我没有从他们的恐惧中吸取教训，并且不顾薇娜的悲伤，坚持不和这帮嗜睡的家伙睡在一起。

"这使她非常痛苦，但她对我的奇特深情战胜了一切不安。我们认识后一连五个晚上，她都是枕着我的手臂入睡的。不过，一说到她我的话题又要岔开了。在我救她那天的前一天夜里，我睡得极不安稳，梦境纷乱，梦见自己被淹死了，海葵的软须抚摸着我的脸。我猛然惊醒，有一种奇怪的感觉，好像有一只灰色的动物刚刚冲出室外。我试图再次入睡，可我感到不安和难受。那是黎明前的黑暗时刻，一切都显出朦胧的轮廓。我起身走出大厅，来到宫殿前的石板上，既然睡不着，干脆就等着看日出吧。

"月亮正在下落，逐渐暗淡的月色和黎明的曙光交织在一起。灌木丛漆

名师导读

人们会因为恐惧而靠拢，看来在感情方面，未来人并未衰退，但他们对生命的冷漠又作何解释？

黑一团,大地灰暗,天空苍白。我好像看到山上有鬼怪,一共三次,我仔细地朝山坡观望,都看到了白色的身影。其中有两次,我看到一只白色的像猿猴一样的动物快速向山上跑去,还有一次我看到了在残垣(yuán)断壁间有几只动物抬着一具尸体。它们很快就消失了,我没有看清它们最终去了哪里。你们一定理解,这时天还没有大亮。也许清晨的那种难以捉摸的寒冷使我产生了幻觉,我开始怀疑自己的眼睛了。

"东方的天空明亮了,太阳出来了,大地恢复了它原有的斑斓色彩。我睁大眼睛环视四周,但没有发现刚才见到的白色身影。它们只在半明半暗的天色里出现。'它们一定是鬼魂,'我说,'但我不知道它们来自哪个世纪。'我想起了格兰特·艾伦的一条怪论,感到十分好笑。他坚持说，如果每一代人死后都变成鬼，世界到最后一定会鬼满为患。照这种逻辑来推理，到了 80 万年左右，鬼将挤满地球上的每一个角落，而我刚才一眼就看到四五个，也没什么奇怪的了。可这只是玩笑而已，解决不了实际的问题。我整个早上都在想这些身影，直到后来救了薇娜才暂时把这事忘了。我恍惚中把它们和我在寻找时间机器时惊动的那只白色动物联系了起来，欢快的薇娜使我忘了这事。不过，它们注定很快就要回来死死占据我的头脑。

"我记得我说过，黄金时代的气候要比我们这个时代的气候热得多。我也不知道这是为什么，也许是太阳越来越热，或者是地球离太阳更近了的缘故。

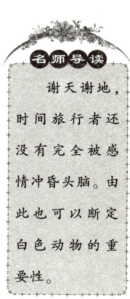

名师导读

谢天谢地，时间旅行者还没有完全被感情冲昏头脑。由此也可以断定白色动物的重要性。

名师导读

　　这些只会在半昏半暗天色里出现的白色动物，在凡是有黑暗存在的地方，就会无孔不入。

"就在第四天早上，我正在我住的那个建筑物附近的一片废墟里转悠，由于天气很热，我打算寻找一个凉爽的地方。这时怪事来了。我在石屋的废墟堆里，发现了一条狭窄的过道。过道顶头和两侧的窗户被坍塌下来的石块堵着，因此刚进来时里面显得很暗。我摸索着走进去，由于从亮处一下子走到暗处，我眼前仿佛有许多彩色光点在游动着。突然，我停住脚步，不知所措。只见两只眼睛在日光的反射下闪闪发光，在黑暗中注视着我。

"那种对野兽本能的恐惧向我袭来。我紧握双拳，直视着那对发光的眼睛。我很害怕，紧张得头也不敢回。这时我想到这里的人好像生活在绝对的安全之中，随后我又想到他们特别害怕黑暗。我尽力克服自己的恐惧。朝前跨出一步,先开了口。我想我的声音一定非常刺耳并且有些发抖。我伸出手,摸到了柔软的东西。那双眼睛随即闪到了一边,接着有一个白色的东西从我身旁窜了过去。我转过身,看见一只古怪的像猿一样的小动物,迅速穿过我身后的一片阳光。惊慌中它撞上了一块花岗岩,向旁边晃了一下,转眼间又躲到了另一堆残砾下的黑影里。

"我的印象肯定不够全面,但我知道它浑身是灰白色的,长着大而奇怪的暗红色眼睛,我还看见它头上和背上长有浅黄色的毛。它刚才跑得太快了,以至于我没能看清楚。我甚至说不清它是用四条腿在跑呢,还是只用低垂的前肢跑。我随即追了过去,跑进另一堆建筑废墟。开始我找不到它,后来我来到了一个我对你们说过的像井一

名师导读

　　白色动物终于完全现身,很多谜底都将揭开,它会带时间旅行者去一个什么样的地方呢?他的时间机器很可能就在那里。

样的圆洞口，洞口被一根倒下的柱子半挡着。我突然想到，这东西恐怕是跑到井里去了。我立刻划着一根火柴，借着光亮朝下看，只见一只白色的小东西在向下移动。它迅速向下退着，同时用明亮的大眼睛紧紧地盯着我，使我不寒而栗。它的样子简直像个可怕的蜘蛛人！它正沿着井壁往下爬，我这才第一次注意到有许多金属脚手架组成了一道下井梯。这时火柴烧到了我的手，我一松手，它就掉了下去，火焰没落地就熄灭了。当我点亮第二根火柴时，已经看不见那个小怪兽了。

"我呆呆地坐着，长久地朝井下凝视着。我没法让自己相信，我刚才看到的东西是人。但是，我渐渐地想明白了事情的真相：人已经发生了分化，变成了两种不同的动物。地面上的那些漂

名师导读

时间旅行者说未来世界人类发生了分化，难道这些白色的动物也是人类的后代？

亮文雅的小人，并不是我们唯一的后裔，而这白色的、令人恶心的、喜欢夜间活动的东西，也是我们的子孙。

"我想到了闪烁的柱子，还有我提出的地下有通风设施的想法。现在，我觉得它们一定有另外一种意义。我曾经以为这个社会是完全平衡而安宁的，但这些怪兽的出现，使我产生了很大的困惑，真想不出，这些像猿猴一样的东西和阳光下的那些慵(yōng)懒的地上居民之间有何关系？井底下到底藏着什么秘密？我坐在井口上，反复告诉自己没有什么可怕的，必须下到井里才能找到疑问的答案。可说实话，我真是拿不出爬下去的勇气。正在我犹豫不决之时，两个美丽的地面居民穿过阳光跑进了废墟的阴影。他们显然在谈恋爱，男的在后面追赶女的，一边

名师导读

"不入虎穴，焉得虎子"，时间旅行者此行是不可避免了。

名师导读

　　人们一般避讳谈论的问题要么是因为不屑,要么是因为恐惧,从未来人表现出的痛苦来看,他们对那些奇怪的井非常恐惧。

追一边把鲜花朝她身上扔去。

　　"当他们看见我趴在井口朝下张望的时候,脸上流露出了痛苦的神情。显然,他们避讳谈论这些井,因为当我指着井口,用他们的语言发出提问时,他们似乎感到极大的痛苦,并把头扭向了一边。不过,我的火柴引起了他们的好奇,于是,我划亮了几根火柴去逗他们开心。之后我又向他们问起井的事,可还是一无所获。于是,我立刻离开了他们,想去找薇娜,也许能从她那里打听到什么。不过我的观念已开始改变,慢慢地有了新的调整。现在,关于这些井的意义,通风塔和鬼怪,我都找到了线索,而且对于塑像基座的铜门和时间机器的丢失之谜,也得到了新的启示。连曾经使我困惑的那个社会经济问题,似乎也有了答案。

　　"以下就是我的新观点：显而易见,这第二种人是地下居民。他们之所以很少会在地面上出现，是因为长期生活在地下已成为习惯。有三个理由可以支持这样的判断:首先,他们的脸像大多数主要生活在黑暗中的动物那样苍白;其次,能够反光的大眼睛是喜欢夜间活动的动物的共同特征，猫头鹰和猫就是最好的例子;最后,他们在阳光下不知所措,手忙脚乱逃向黑暗,以及在日光下耷拉着脑袋的怪样子,都进一步证明了他们的视网膜极其敏感。

　　"那么,我的脚底下一定有纵横交错的隧道，这些人种就生活在黑暗的地下城里。山坡上以及除河谷以外随

名师导读

　　时间旅行者总结出了地下居民生活习惯的三个理由,你同意吗?

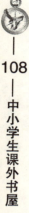

处可见的通风塔和井，充分表明了隧道分布极广。因此，我自然而然地就会想到，这些隧道建在人造的地下世界，是为了让日光里的种族生活得更舒适。这个看法似乎能自圆其说，我也立即接受了，并且进一步推想我们的后代是如何产生分化的。我想你们已经能预料到我的理论的大体内容了吧？但是，我自己却很快意识到它和事实真相相去甚远。

"就拿我们自己的时代来说吧，我觉得不容置疑的是，资产阶级和劳动者之间的社会差别正在逐步扩大，这就是整个问题的关键所在。你们一定觉得这很可笑，也难以置信。然而，即使目前，都有种种情况可以来证明这个道理。现在有一种趋势，大量挖掘地下空间，以延伸文明生活中无须美观的那一部分。例如：伦敦有大都会铁路,有新型的电力铁路,有地铁,有地下作业室和地下餐厅。它们的数量还在不断增加。我认为,这一趋势证明工业从地上向地下迁移。我的意思是,地越挖越深,工厂越搞越大,人们在地下度过的时间也越来越长。其实,现在已经是这样了。一个伦敦东区的工人不就是生活在事实上已脱离地表自然界的人造环境里吗?

"另外,由于富人的教育趋于完善,以及贫富的差距越来越大,富人们已经把地面上的土地瓜分殆尽。就拿伦敦这个城市来说吧,也许已经有一半风光优美的乡村被圈起来不准普通人入内了。富人的高等教育要花费大量时间和金钱,为了追求高雅舒适的生活,他们的家庭设施不断增加。由

词语解释

殆尽:(dài jìn) 全尽无余、竭尽的意思。

此,将使得贫富阶层之间出现真正的鸿沟。到头来地上的世界必定就成为富人的天下。而生活在地底下的,就是无产者,就是那些让自己去不断适应劳动条件的工人们。他们无疑要为地洞里的通风设施付钱,而且要交出很多才行。如果拒付,他们就只好接受被毁灭的命运。无论是贫困者还是反叛者,都只有死路一条,不断的冲突和淘汰之后,最终达成一种永久的平衡。幸存者将完全适应地下的生活条件,和地面上的人一样自得其乐。由此,我觉得,出现这种地面上精致的美丽,以及地下暗无天日的苍白是顺理成章的。

"我所期待的人类的伟大胜利可不是这样的,这根本不是我想象中的那种道德同化和平等合作的胜利。相反,我看到了真正的贵族阶级,他们用完美的科学武装着,正在把今天的工业系统推向一个合乎逻辑的结局。人类的这个胜利不只是战胜了自然,还战胜了自己的同胞。现在,我必须提醒各位,这是我当时的理论。我在乌托邦的著作里,没有找到直接就可以拿来利用的指导思想。我的解释可能大错特错,但我还是坚持认为它是合理的。也许我们未来的大同世界已经走过了它的顶峰,这种辉煌已经消逝。地上居民由于过分的安逸已开始慢慢退化,身材、力量和智力呈衰退趋势。这一点无须争辩,我已经看得很清楚了。但是,地下居民到底是怎么样的,我还没有想过。但我已经知道他们被称为莫洛克人,我可以想象得出,这一人种的

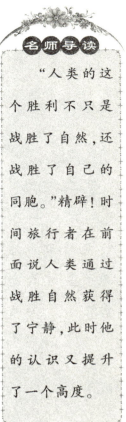

名师导读

"人类的这个胜利不只是战胜了自然,还战胜了自己的同胞。"精辟!时间旅行者在前面说人类通过战胜自然获得了宁静,此时他的认识又提升了一个高度。

变化比我已经了解的埃洛伊这个美丽的种族大得多。

名师导读

真是令人好奇,但愿旅行者不久就会查清楚。

"可我还是百思不得其解,莫洛克人为什么要拿走我的时间机器呢?我敢肯定,就是他们干的!埃洛伊人如果是主人,为什么也没能把时间机器还给我?他们对黑暗的恐惧从何而来?就像我上面所提及的那样,我继续向薇娜询问地下世界的情况,可我再一次失败了。刚开始,她没明白我的意思,之后又拒绝回答我的问题。她浑身颤抖,好像这是她无法容忍的话题。后来我逼她讲,可能显得有点粗暴,她竟然哭了。我这是第一次看见黄金时代里的人流泪。她的眼泪使我立刻停止追问,避免再为莫洛克人的事找麻烦,心里只想着如何哄她开心。当我一本正经地点燃一根火柴时，她很快又笑了起来，兴奋地手舞足蹈。”

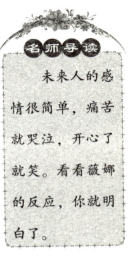

名师导读

　　未来人的感情很简单，痛苦就哭泣，开心了就笑。看看薇娜的反应，你就明白了。

第六章　莫洛克人

未来世界中,人类进化为两种人。时间旅行者已经认识了友善的埃洛伊人,为了找回时间机器,他必须去寻找莫洛克人。行踪诡异的莫洛克人到底是怎样的？别着急,我们这就去认识一下。

名师导读

时间旅行者又找到了线索,看来谜底马上就要揭晓,让我们洗耳恭听吧。

"说到这里,你们一定已经感到很奇怪了。但就在两天之后,我用十分恰当的方法对一条新线索进行了追踪。此前,当我看到那些苍白的躯体时,总是感到浑身难受。在我眼中,他们就像人们在生物博物馆里看到的泡在酒精里的蛆虫,像漂白粉一样的颜色,摸上去冷冰冰的让人恶心。也许我的畏惧是受了埃洛伊人的影响，我终于明白了,他们为什么那么厌恶莫洛克人。

"那天晚上,我睡得很不好。可能是诸多的疑惑使我感到压抑，以至于弄得我身心失调。有那么几次,我还产生了一种莫名的恐惧感,这种感觉非常强烈,但我说不清到底在害怕什么。我还记得,我在月色下悄无声息地走进了那些小人睡觉的大厅，这一晚薇娜也在他们中间。看到他们安然的睡态,我才放下心来。但是,我仍然在胡思乱想，过几天就会是没有月光的漆黑夜晚，这些生活在地下的恶心的家伙,这些白色的怪兽,这些从前辈演变成的害虫也许会更加兴旺昌盛。这两天，我像是一个想逃避不可推卸责任的人,惶惶不可终日。我认识到了,只

名师导读

未来人的安然睡态给了时间旅行者安慰,让他也放下心来。

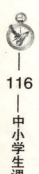

名师导读

孤独容易让人产生恐惧，尤其是时间旅行者正处于危机四伏的黑夜。

有勇敢地爬下那些井，去揭穿这些地下之谜，我才有可能找回我的时间机器。可我又真的不敢直面这地下之谜，要是我有个伴儿，事情就不至于这样，而我是孤零零一个人啊。每当想到要往那个黑乎乎的深井里爬，我就毛骨悚然。

"也许正是这种不安和危险驱使我向更远的地方去探险。朝西南方向走，看到远处有一座绿色的大型建筑物。它和我在黄金时代里见过的任何建筑物都不一样。它比最大的宫殿和废墟还要大，正面的建筑风格带有东方情调：表面呈淡绿色，而且像瓷器那样富有光泽。这与众不同的外观，可以表明它具有多种用途。我本来决心继续探索下去，可天色已晚，便决定把这个探险工作推迟到第二天，于是我返回到欢迎我、抚慰我的薇娜身边。可第二天早上，我发现我对青瓷宫殿的好奇，完全是为了逃避那个一再令我害怕的事情。我决定不再浪费时间，立即下井。于是我一大早上山了，朝着花岗岩旁边的那口井走去。

"薇娜心情很好，蹦蹦跳跳地跟着我来到井边，可当她看到我俯身朝井下张望时，显得特别忧虑。'再见，薇娜。'我说着吻了她一下，随后越过井栏，去摸下井用的脚手钩。我当时的动作很快，因为我怕勇气会在犹豫之间丧失殆尽。薇娜先是惊骇地望着我，然后发出一声令人哀怜的叫喊，冲过来用她的小手拉住我。这一拉不但没有使我回心转意，反而更增强了我下井的勇气。我粗鲁地挣脱了她的手，爬了下去。我抬头看了一眼，只见她那靠在

名师导读

真正的冒险开始了！让我们祝福时间旅行者吧。

中小学生课外书屋

词语解释

码：英美制长度单位，1码相当于0.9144米。

井栏上的小脸充满了痛苦，于是我朝她微笑，让她放心。然后，我只得低头望着我手里抓着的摇摇晃晃的钩子。

"我大概要向井下爬上二三百码的距离。下井比想象中要困难得多，因为井壁上伸出很多金属杆，这些金属杆显然是为比我轻得多的人准备的。所以我没爬多久就被搞得精疲力竭了。有一根金属杆承受不住我的重量，突然弯曲，差点把我摔下漆黑的井底。从那之后我再也不敢停歇。尽管我的腰背和手臂都已经酸痛不止，我仍然手脚不停，以最快的速度朝井下爬去。此时我抬头向上看去，只见井口像一只蓝色的碟子，小薇娜探出的头就像一个小黑点。从井下传来机器的轰鸣声，这声音越来越叫人无法忍受。除了头顶上那个碟子一样的井口，周围漆黑一片。我再次抬头向上张望,薇娜已经不在了。

"我难过极了,甚至想到过再爬上去,不管那地下世界了。但是这个念头丝毫没有影响我向下爬的速度,终于,我隐约看到右侧井壁上有一个狭长的小洞。我松了一口气,钻了进去,然后,我发现这原来是一个横向隧道的洞口。我在里面躺了下来,打算休息一下。我的手臂疼痛,后背麻木,因为恐惧而浑身发抖。此外,无边的黑暗也使我的眼睛酸痛。耳中是机器的轰鸣和地下传来的砰砰声。

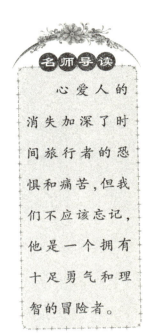

名师导读

心爱人的消失加深了时间旅行者的恐惧和痛苦,但我们不应该忘记,他是一个拥有十足勇气和理智的冒险者。

"我不知道躺了多久。最后我感觉到有一只软绵绵的手在摸我的脸。我在黑暗中惊得跳了起来,连忙划了一根火柴。我看见面前有三个白色的怪家伙,他们见到亮光后迅速跑开了。由于他们生活在黑暗的环境中,所以他们的眼睛特别大,并且

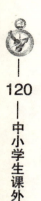

名师导读

从时间机器消失到现在，时间旅行者还是第一次面对面地看清自己的对手。

对光极为敏感，就像深海中的鱼的眼睛，还能反光。我可以断定，他们在没有光线的昏暗中是可以看到我的，他们只是怕光，似乎一点都不怕我。在我点亮一根火柴想看个究竟时，他们慌乱地跑进隧道里的黑暗处，用奇特的方式盯着我。

"我朝他们喊了几句话，但是他们的语言显然和地上居民的不一样。现在我完全孤立无援，而且语言也不通，一切都只得靠自己。心里仍旧一个劲儿地打退堂鼓。我往前摸索着，机器的声音越来越响。没多久，我就从隧道进入了一个很空旷的地方。我又划着了一根火柴，发现自己正站在一个拱形的大洞中，大洞一直延伸到火柴光照不到的黑暗里。我所讲的只是借助火光所能看到的情景。

"我的记忆肯定是杂乱而模糊的。有一个像机器一样的庞然大物，从黑暗中显露出来，投下了怪诞的影子，莫洛克人就在这黑影里躲避着光照。顺便说一句，这地方空气沉闷，让人感到呼吸困难，而且还弥漫着一股淡淡的血腥味。我看到了一张白色金属做的小桌子，上面摆的应该是他们的食物。莫洛克人一定是食肉动物！不过，我非常纳闷，难道还有什么大型动物存活至今？他们桌上的那些东西明明是红色的大腿肉。浓重的味道，呆板的庞然大物，伏在黑影里等火柴一灭就向我扑来的可憎的怪物，这一切都是诡异的，简直无法捉摸。这时，我手中的火柴烧到了根部，熄灭了。

"我一直在后悔，这次时间旅行所带的装备实在是太少了。我坐时间机

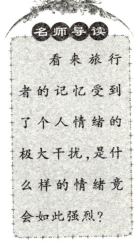

名师导读

看来旅行者的记忆受到了个人情绪的极大干扰，是什么样的情绪竟会如此强烈？

名师导读

他带着恐惧来到地下，微弱的火柴光看到的东西令他更加恐惧。关键时刻火柴却恰巧熄灭，想想就令人毛骨悚然，真替他担心。

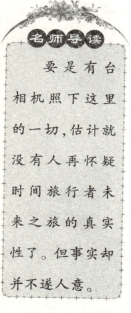

器出发时，曾一厢情愿地认为，在高度文明的未来世界，什么都不会缺少的。所以，来时没带武器，没带药品，也没带任何烟具——真想抽烟啊，甚至我连火柴都没带够。要是当时手上能有一台柯达照相机该多好啊，我就可以在瞬间把地下世界的景象保留下来，等回到安全的地方之后，再仔细地研究。可是现在，我站在那里，只有手、脚、牙齿，外加仅存的四根火柴。

"在这黑暗中，我不敢跨过这台大机器继续向前。我真蠢啊，直到这时才意识到要节约火柴。此时，有一只手碰了我一下，细长的手指摸到我的脸上，我闻到一股怪味。我听到了一片可怕的呼吸声把我包围。我感到有人想从我手上拿走火柴盒，身后还有手在拉扯我的衣服。这些我看不见的家伙正在仔细观察我,我真是难受极了。我在黑暗中突然意识到,对于它们的思维方式和行为,我一无所知。我拼命朝他们大吼了几声。他们吓得跑开了,但很快就又围了上来。而且他们的胆子越来越大,紧紧地揪住我,还相互轻声说着什么。我浑身战栗,又喊了起来,声音十分刺耳。这次他们没有受到什么大的惊吓,又一次包围上来时还在怪笑。我不得不向你们承认,真正被吓坏了的其实是我自己。我决定再划一根火柴,在光亮的保护下逃身。于是我点亮火柴,为了火光更加充足,还点燃了从口袋里掏出来的一张纸。然后,我赶紧朝狭窄的隧道里退去,可刚进隧道火就灭了。黑暗中我听到莫洛克人追了上来,脚步沙沙作响。

"我一下子被几只手拉住了,他们

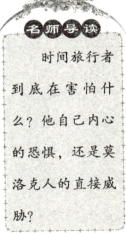

名师导读

　　时间旅行者到底在害怕什么?他自己内心的恐惧,还是莫洛克人的直接威胁?

想把我再拽回去。于是,我又点亮了一根火柴,在他们眼前挥舞着。你们无法想象他们那半人半鬼的脸有多么可怕和令人作呕——苍白的脸上没有下巴,还有茫然看着你的那双大而无眼睑的红眼睛!我再次向后退,第二根火柴烧完后,我点亮第三根。当我见到隧道的入口时,手中的火柴已快要熄灭了。我在入口处躺了下来,随后我伸手到井壁上去摸凸出来的脚手钩。但是我拖在后面的两只脚被抓住了,我连蹬带踹,同时划着了最后一根火柴。可它一下子熄灭了。但这时我已抓住攀登杆,我双脚猛踢,终于从莫洛克人手中挣脱出来。我迅速朝井上爬去。他们眼巴巴地在下面望着我,只有一个家伙追在我身后爬了一阵子,我差点没因为他而丢了自己的靴子。

名师导读

旅行者对莫洛克人的初步描述,想必已经让很多人明白了埃洛伊人恐惧和不屑的由来。真不敢相信他们是人类的后代。

"虽然摆脱了他们,但我的体力已经不支了,我好像怎么也爬不到尽头,到离井口还有最后二三十英尺的地方时,我感到恶心得要命,手上一点劲都使不出来。到了最后几码的地方,我的求生意志和我那已经昏沉沉的大脑展开了一场可怕的较量。好几次我头晕目眩,神智迷糊,感到自己跌落了下去。然后,我终于爬出了井口,晃晃悠悠地走出废墟,来到炫目的阳光里。我一头栽倒在地上,大口大口地呼吸着泥土的芬芳。我记得薇娜在亲吻我,还听到了其他埃洛伊人说话的声音。然后我就失去了知觉。"

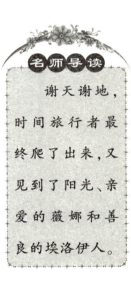

名师导读

谢天谢地,时间旅行者最终爬了出来,又见到了阳光、亲爱的薇娜和善良的埃洛伊人。

第七章　处境危险

时间旅行者逃离了莫洛克人的追踪，冰山般的未来世界更多地暴露在他面前，他还会发现什么更加令人毛骨悚然的秘密呢？别怕，鼓起勇气，我们一起去看看。

名师导读

时间旅行者虽然去了一趟地下，但并没有找到时间机器，他陷入了思考中。

"说实在的，这下我的处境比先前更糟了。我只是在丢失了时间机器的那天晚上痛苦万分，过后一直抱着最终将返回自己时代的希望，但是，这一希望被这些新发现动摇了。我一直都只是认为，阻挠我的是那些小人孩子气的单纯，以及某种我一旦知道了就能战胜它的力量。但莫洛克人实在是令人作呕，他们非人的丑恶习性，使我本能地对他们产生极大的厌恶。以前，我觉得自己像个掉进坑里的人，关心的是坑和怎样爬出坑来。现在，我感到自己像只即将受到敌人围攻的困兽。

"我所害怕的敌人可能会使你们感到惊讶，这敌人就是新月时的黑夜。是薇娜让我这样担惊受怕的，薇娜用了一些最初无法理解的暗示使我明白了关于'黑夜'的事。现在要猜测即将来临的黑夜意味着什么，已经不是难事了。月亮已过下弦，黑夜一天比一天长。我现在多少有点明白了，为什么那些地上居民如此害怕黑暗。但我总弄不清楚，莫洛克人在新月之夜，到底能干出什么邪恶的事来。我现在可以肯

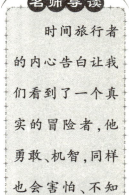

时间旅行者的内心告白让我们看到了一个真实的冒险者，他勇敢、机智，同样也会害怕、不知所措。

词语解释

加洛林王朝：公元八世纪由法兰克王子夏勒马涅创建。

定的是，我的第二个假设是完全错误的。地上居民也许曾经是受到优待的贵族，莫洛克人只是任他们差遣的仆人，可这早已是明日黄花。这两支从人类进化来的人种，彼此的关系已经发生了变化。埃洛伊人就像加洛林王朝的国王，退化成了美丽却无用的摆设。他们勉强被允许拥有地面，那是因为莫洛克人世代生活在地下，而阳光照耀下的地面令他们无法忍受。我推断，因为服侍人的习惯还没有完全改掉，所以莫洛克人才会为埃洛伊人做衣服。他们这样做和站累了的马要踢踢腿，或者有的人喜欢狩猎一样是出于自然的习惯，因为以往的需求已经留下了印痕。不过很显然，旧的秩序已经颠倒了，惩罚娇生惯养者的复仇之神正在迅速爬上地面来。也许在几千代人以前，人类把他的同胞从安逸和阳光里驱逐出去，现在这些同胞的后代已经繁衍成了新的物种。埃洛伊人已从老文章里接受了新教训，他们重温了恐惧的滋味。我突然想到我在地下世界看到的肉，我想清晰地在头脑中勾绘出那东西的形状，却只是模模糊糊地觉得它是我熟悉的东西，可又说不清它到底是什么。

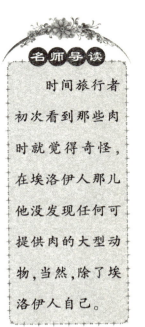
"不过，不管这些小人在他们的恐惧面前显得多么无能为力，我和他们的身份是不一样的。我来自我们的这个时代，来自人类成熟的全盛时期，只要我不被恐惧吓倒，神秘事物带来的恐怖魔力也就解除了。我至少要为保护自己而战斗。我决定说干就干，马上着手自制武器，再搭建一个坚不可摧的堡垒，用它作为基地和睡觉时的庇护所。有了它，我就能够在面对这个陌生的世界时，拿出足够的信心。当我发现每夜实际上是睡在莫洛克人的威胁下之后，这种信心就严重地受损了。我感到如果不把我的床搬到安全的地方去，我就再也没法入睡。一想到他们在黑暗中曾经这样或那样地观察过我，我就心惊肉跳。

"下午，我在泰晤士河谷附近溜达，但是没有找到让我感觉很满意的住所。任何建筑物对于莫洛克人这种灵巧的攀爬者来说，似乎都不是很大的障碍。只要看一下他们的井，你就会对此深信不疑。这时，我又想起青瓷宫殿上高耸的尖顶和它光滑闪亮的墙壁。傍晚，我把薇娜当作孩子似的扛在肩上，朝西南方向的山上走去。我估计路程大约为七八英里，可事实上我走

了将近十八英里的路。我第一次看到那地方是在一个阴雨天的下午,那时候目测的距离往往会比实际距离短。除此之外,我一只鞋的后跟松了,一只鞋钉戳(chuō)穿了鞋底,所以走路的时候一瘸一拐的。当我看见那座宫殿的时候,太阳已经落下去了,淡黄色的天空背景映衬出了宫殿黑乎乎的轮廓。

"我开始扛薇娜的时候,她非常高兴,可没走多久她就要我把她放下来。她在我身旁走着,有时还跑到路边去采些鲜花插到我的衣服口袋里。也许她没法正确理解我的衣服口袋的用途,最后只能得出结论,认为它们是用于插花的一种古怪花瓶,至少她总是这么使用我的口袋。对了,想起来了!我换外套时发现……"

名师导读

时间旅行者拿出白花应该不仅仅是想让大家见识一下,这可是他未来之旅真实性的一个重要证据。

时间旅行者说到这里,停了下来,把手伸进上衣口袋,不声不响地掏出两大朵皱巴巴的白花,把它们放在桌上之后,他又继续讲了下去:

"天色渐晚,大地一片宁静,我们继续赶路。薇娜感到很累,很想回去。但我伸手指着远处的青瓷宫殿的尖顶,试图让她明白,我们是要去那里寻找躲避恐惧的庇护所。在我看来,这万籁俱寂的傍晚弥漫着一种期待的气氛。这时的天空晴朗、遥远而又空旷,只在天边才有几道残留的日落余晖。那天晚上,这种期待的气氛,更加明显地衬托出了我心中的恐惧。在那神秘莫测的平静中,我的神经好像异常敏感,我似乎已经感觉到莫洛克人正在我脚下的地洞中走来走去,等待着黑夜的来临。紧张不安的情绪一直压抑着我，我心想，也许他们会把我进入他们地洞的事，看成是我的宣战。可他们为什么要弄走我的时间机器呢？

"我们就这样在寂静中走着，黄昏变成了黑夜。星星一个接一个地从天幕后面钻了出来。大地朦胧，树林里一片漆黑，薇娜越来越怕，越走越累。于是，我把她抱起来，不断地和她讲话并安抚她。这时，天色更黑了，她搂住我的脖子，闭上眼睛，把脸贴在我的肩膀上。我们就这样进入了一个河谷中。天色太昏暗了，我差点走到一条小河的深处去。我趟过小河，走上河谷对面的陆地，沿途经过许多建筑物和一尊没头的农牧神塑像。这里到处都是刺槐。到目前为止，我还没见到莫洛克人的影子，不过，现在还

名师导读

莫洛克人弄走时间机器的原因确实是个关键问题，充满仇恨的莫洛克人不可能无缘无故这么做。这其中是否有什么阴谋？

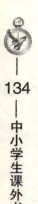

名师导读

对于怕光的莫洛克人，黑暗是他们的天堂。而对于时间旅行者，最黑暗的时刻必定要发生可怕的事情，这也是他恐惧的由来。

不是深夜，月亮升起前最黑暗的时刻尚未来临。

"前面是一个小山坡，一大片黑压压的树林横在我们的面前，我有些犹豫了，向树林两边看去，一望无际。而我的两脚酸痛，十分疲惫。于是我停下脚步，轻轻地把薇娜放了下来，随后坐在草坪上休息。我现在看不见那座青瓷宫殿，也不知道自己是不是走错了方向。我朝那浓密的树林看了看，心想那里面会隐藏着什么危险呢？走在那里一定连天上的星星都看不见。就算不存在其他潜在的危险，至少树根和树干也是一种使人难以在黑夜行路的障碍。于是，我决定停止前进，在这个光秃秃的小山岗上过夜。

"让我高兴的是，薇娜已经熟睡了。我脱下外套，小心翼翼地把她裹起来，然后，我坐在她身旁等待月亮的出现。山腰上无声无息，但是黑暗的树林中不时传来一些响动。这个夜晚天空晴朗，群星璀璨。我默默地感谢着这闪烁的星光，它们像朋友一样安慰着我。然而，我们这个时代划分星座的方法已经完全不适用了，漫长的岁月使天穹上的恒星组成了新的陌生群体。在南方的夜空里有一颗很亮的红色恒星，这颗星我不认识，无法判断它是我们时代天空中的哪一颗星，它比我们所谓的天狼星要明亮得多。在这些美丽的星星中间，有一颗明亮的行星慈祥而坚定地挂在天上，就像一位老朋友的面孔。

"仰望夜空中的群星，我突然觉得自己的麻烦和尘世生活的一切危险都变得微不足道了。我想到它们遥远

名师导读

"树林中不时传来的响动"暗示莫洛克人在行动。

名师导读

这里说的应该是启明星，即我们常说的太白金星。

的距离，它们缓慢地运动，从不可知的过去走进不可知的未来。我想到地球围绕太阳运转的轨道就是一个大圆圈，而在我已经走过的全部人生岁月里，地球不过是安静地转了四十圈。在屈指可数的四十次旋转中，所有的政治运动，所有的文化传统、复杂的组织、民族、语言、文学、灵感，甚至我记忆中熟悉的那些人都被一扫而光。取而代之的就是这些遗忘了历史的脆弱者，以及那些令人恐惧的白色怪物。这时我想到了横亘在这两个种类之间的其实是一种巨大的恐惧，由此，我也突然明白了我见到的肉可能是什么，禁不住打了一个寒颤。要是那样的话，就太可怕了！我看着在我身边熟睡的薇娜，她的脸就像星光一样苍白，我立即终止了那种可怕的猜测。

　　"我尽量不去想莫洛克人的事,而是企图从新的天空中,找出旧星座的痕迹,并以此来消磨漫漫长夜。夜空仍是那么晴朗,只有一两片朦胧的云彩。从后半夜开始,我断断续续地打着盹。后来,天空中终于升起了又弯又细的月牙,这是下弦月。没过多久,黎明便接踵而来,起初是白色的晨光,然后变成了温暖的淡红色。这一夜过去了,根本就没有任何莫洛克人出现。我对新的一天充满了信心,几乎觉得没有道理要感到任何恐惧。我站起身,发现鞋跟松掉的那只脚的踝关节已经肿了,脚后跟很痛,于是我把鞋子脱下来扔掉了。

　　"我轻轻地叫醒了薇娜,然后我们一起走进了前方那片树林。这时的

名师导读

虽然树林中有奇怪的响动,但这一夜总算是安全的。

树林，不再是黑乎乎的叫人望而却步，而是一片清新翠绿，使人心旷神怡。我们摘了一些水果，边走边吃，不久就又遇上了一些小巧玲珑的人。他们在阳光下欢笑嬉闹，似乎根本就不记得自然界有黑夜这回事。接着我又想到我看见的肉，这回我可以百分之百地确定我看到的是什么了。这些漂亮的小人，是人类洪流中最后的涓涓小溪，我对这衰弱而温和的人种产生了极大的同情。很显然，在人类衰败过程的早期，莫洛克人的食物就已不足，他们也许是靠吃老鼠之类的动物才活下来的。即使现在，人类在吃方面也远不及祖先那样讲究，他们对人肉所持的偏见也不是什么根深蒂固的本能。看看我们的这些畜生一般的

后代吧！我企图以科学的态度来看待这件事。无论如何,他们只是比我们三四千年前的原始祖先更少一点人性,更遥远一点罢了。而且,对于地下居民来说,吃人也不再是一件会对良心造成任何折磨的事情,因为这种观念早已经泯灭了。我为何还要去自寻烦恼呢？从某种角度上来看,埃洛伊人就是莫洛克人放养在阳光下的肥美的牲口！

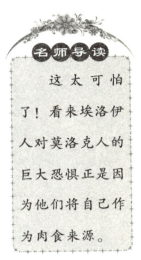

名师导读

这太可怕了！看来埃洛伊人对莫洛克人的巨大恐惧正是因为他们将自己作为肉食来源。

"这时,一种恐慌感油然而生,为了摆脱它,我把吃人的事看作是对人类自私行为的一种严厉的惩罚。人类中的某一部分享用着同胞的艰辛劳动,生活在过分的安逸和快乐之中,把需要作为他们的格言和借口,这需要早已埋在他们的心中。我甚至想对这

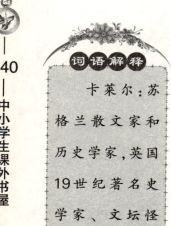

词语解释

卡莱尔：苏格兰散文家和历史学家，英国19世纪著名史学家、文坛怪杰。

个处在衰败中的可怜的贵族阶级表示卡莱尔式的蔑视。但我真的没法这么去想，无论如何，埃洛伊人保留了许多人类的特征，因此我必然会同情他们，并且也必然会去分担他们的衰退和恐惧。

"我那时对自己该走哪条路没什么明确的主意。首先，我要寻找一个安全的栖身之所，为自己制造一些简单的金属或石头武器，这是当务之急；其次，我希望能找到可以生起火来的材料，因为我清楚，火是对付莫洛克人最有效的手段；最后，我还想发明一个工具来对付斯芬克斯像下的基座铜门，夺回我的时间机器。我坚信，如果手持火把，走进那些门，就一定能找到时间机器，然后逃走。莫洛克人的力气，恐怕还没有大到可以把时间机器搬得很远的地步。我还决定把薇娜带回我们的时代。我脑子里翻来覆去盘算着这些计划，继续朝我认为可以作为安全住所的那幢宫殿走去。"

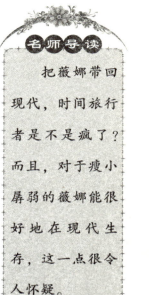

名师导读

　　把薇娜带回现代，时间旅行者是不是疯了？而且，对于瘦小孱弱的薇娜能很好地在现代生存，这一点很令人怀疑。

第八章　青瓷宫殿

　　随着对未来世界了解的加深，时间旅行者的安全也越来越令人揪心。他带着心爱的薇娜去了青瓷宫殿，那里安全吗？他们会遇到什么？

词语解释

　　旺兹沃思：英国伦敦附近的城市。

　　巴特西：位于英国伦敦泰晤士河南岸。

　　"中午的时候，我们终于到达了青瓷宫殿。它在草皮覆盖的一块高地上耸立着。宫殿里一片破败荒凉的景象，墙皮剥落，窗户上残留着破裂的玻璃。在走进宫殿之前，我惊讶地发现，在东北方向那边有一个大港湾，我断定这是旺兹沃思和巴特西的原址。于是我想到了海洋里的生物在这漫长岁月中历经了什么样的变化,当然,我很快就把思路转了回来,根本就没有细想下去。

"根据我的勘查,宫殿的主要建筑材料的确是陶瓷,我看到宫殿的门上刻着一行陌生的文字。我非常愚蠢地请薇娜帮我翻译,但是我发现她的头脑中根本没有文字的概念。

"走进了巨大的活动门——门是开着的,并且已经残破不堪——我们发现的不是传统的大厅,而是一间两侧开着许多窗户的长廊,凭这第一眼的印象,我立刻想到它原来可能是一座博物馆。石砖铺就的地面上,积着厚厚的尘土,大厅两旁排列的形形色色的物件上也同样蒙着很厚的灰尘。这

名师导读

文字是人类文明的一大创举,我们的后代却将之遗弃,真是令人失望。

词语解释

瘦骨嶙峋：
形容人消瘦露
骨。

词语解释

南肯辛顿：
位于英国伦敦
市中心偏西部。

时，我发现在这间狭长的大厅中间，竖着一个瘦骨嶙峋的怪东西，显然，这应该是一具巨型动物骨骼的下半部分。它的头盖骨和上身的骨头就埋在旁边厚厚的尘土里，由于屋顶漏水，有一处骨头已被侵蚀。长廊那边是一具巨大的雷龙骨架。至此，我关于博物馆的假设得到了证实。再往边上走，我发现的都是倾斜的架子，抹去厚厚的灰尘，我发现是我们时代里的那种熟悉的玻璃柜。从柜里一些保存良好的藏品判断，这些柜子是密封的。

"显然我们身处在某个后来的南肯辛顿的遗址！这里显然是古生物部，这些东西一定都是些赫赫有名的化石。虽然微生物都已经灭绝了，这使得侵蚀能力丧失了百分之九十九，然而这些无价之宝仍然不可避免地要遭受其他原因引起的侵害，只不过这一过程进行得极为缓慢而已。我根据各处打碎的或用线穿在乐器上的稀有化石，发现了那些小人留下的痕迹。有些玻璃柜被移动过，我估计是莫洛克人干的。这地方非常安静，厚厚的灰尘淹没了我们的脚步声。薇娜一开始拿一个海胆在玻璃柜的斜面上滚着，见我东张西望，她立刻走过来，不声不响地抓住我的手，站在我身旁。

"起初，这座智慧时代的古代博物馆让我感到非常吃惊，也就根本没去思考它显示出的种种可能性，甚至把我一直想着的时间机器都抛到了脑后。

"从宫殿的面积来看，它的内部远不只是一个古生物馆，也许还有历史

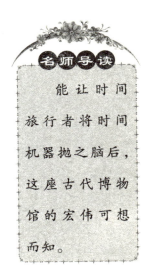

名师导读

能让时间旅行者将时间机器抛之脑后，这座古代博物馆的宏伟可想而知。

陈列馆,甚至还可能有个图书馆！对于我目前的状况来说，这些东西比正在被腐蚀的古代地质陈列品更富有吸引力。探寻中我又发现了一条垂直于第一条长廊的短走廊，看样子是专门用来陈列矿物标本的。我看到一块硫磺，随即联想到了火药，但没有发现硝石，也没找到硝酸盐之类的东西。不用说，它们早就受潮风化掉了。不过那块硫磺留在了我的脑海里，使我浮想联翩。这个馆里的其他陈列品都保存完好，但我不是矿物学专家，对这些没有太多兴趣。于是我沿着和第一个大厅平行的一条破旧的过道继续前行。显而易见，这部分是自然史陈列室，但是里边的东西早已面目全非。原先的动物标本，曾经装满酒精溶液的坛子里的干尸,已经死去的植物的遗骸,现在都成了干瘪(biě)发黑的残片,这就是所有的一切!我对此感到遗憾,因为我原本是乐意去追溯(sù)这长期不懈的再适应过程的,人类正是通过对生物的这一再适应征服了生机无限的大自然。接着我来到一个巨大的走廊,里边光线昏暗,地板从我进来的一头开始缓缓向下倾斜。天花板上每隔一段就挂着一个白色的球,其中许多已经破碎,它表明这地方原先是需要人工照明的。对这里的展品我就比较在行了,因为我的两旁都摆放着大型机械,所有的机器都已严重腐蚀和损毁,不过也有一些仍然相当完好。你们知道的,我特别钟爱机器,我真想在这里多逗留一阵子,这些机器多迷人啊,我根本

名师导读

时间旅行者对机器的钟爱展露无余。如果他有时间多停留一会,说不定这里的机器会派上大用场。

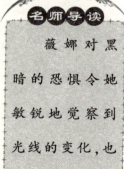

猜不透它们到底是干什么用的。我想，如果解开了这些谜，那我就应该拥有了足以对付莫洛克人的力量。

　　"突然地，薇娜来到我身旁，吓了我一大跳。如果不是她，我想我绝对不会注意到走廊的地面是倾斜的。进门的那一头，比我现在脚下的地面高出许多，光线从几扇狭长的窗户里照射进来。沿着长廊一直走下去，窗外的地面相对于这些窗户而逐渐抬高，最后，每扇窗户前都出现了一块低地，就像伦敦的房子，各家各户前都有一片'空地'，只有一束光线从顶端照进来。我慢慢朝前走，心里还在琢磨着这些奇特的机器，由于思想过分集中，根本没有发觉室内的光线渐渐暗了下去，直到薇娜表现出了明显的恐惧，我才回过神来。这时，我发现长廊的尽头伸入完全漆黑的暗处，我犹豫了，朝四周观望了一下，发现这里的灰尘不多，灰尘的表面也不太平。在更靠近黑暗的地方，我发现了许多窄小的脚印。我立刻警觉了起来，莫洛克人随时都可能会出现。我终于认识到钻研这些机器完全是在浪费时间，现在时间已经不早了，我仍然没有找到武器和藏身之所，也没有找到生火的工具和材料。这时，从漆黑的长廊深处传来了奇特的啪啪声，以及我在井下听到过的那种古怪的声音。

"我抓住薇娜的手，然后突然有了主意。我松开她，转向一台机器，机器上伸出来一根铁杆，像信号塔里的横杆。我爬上机器，抓住横杆，用尽力气往边上扳。突然，被我留在中央过道里

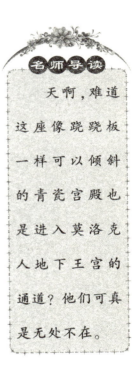

名师导读

天啊，难道这座像跷跷板一样可以倾斜的青瓷宫殿也是进入莫洛克人地下王宫的通道？他们可真是无处不在。

名师导读

求生本能已令时间旅行者丧失了高度的理智和现代文明对他的约束，此时的他，求生本能高于一切。

的薇娜呜咽了起来。我扳铁杆时判断正确，用力适度，不一会儿铁杆就'砰'的一声断了。我手握铁杆回到薇娜身旁，在我看来，无论遇上哪个莫洛克人，这根铁杆都足以打碎他的脑袋。我真想干掉几个莫洛克人，你们也许会觉得我很残酷，居然想杀自己的后代！但不知什么原因，面对这些家伙你根本就不会发什么善心。要不是因为我不愿离开薇娜，并且估计到如果我去杀人解恨，时间机器就会遭殃的话，我真想沿着长廊走过去杀光这帮畜生。

"我一手握着铁杆，一手抱着薇娜，走出这条长廊，来到一个更大的厅里。烧焦的棕色破烂挂在两旁，我当即认出来是烂书剩下来的残片，它们早就散了，而且根本辨识不出任何印刷符号了。但弯曲的木板和断裂的金属夹子随处可见，这已完全说明了问题。如果我是个文人，我也许会从道德的角度指出所有野心都是徒劳的。但面对眼前的情景，让我感触最深的是满地烂纸所证明的那种劳动力的巨大浪费。我承认，我那时主要想到的是《哲学学报》和我自己的十七八篇论述物理光学的论文。

"接着，我们走上宽阔的楼梯，来到了可能曾经是应用化学馆的地方。我很希望在这里发现一些有用的东西。这个陈列馆除了一边的屋顶塌了，其余保存基本完好。我急忙走到各个柜前去探寻，最终在一个封得严严实实的柜子里找到了一盒火柴。我急不

名师导读

这么紧要的关头，时间旅行者还不忘思考，他的治学精神真是令人佩服。

名师导读

时间旅行者的确"富有创造力",危急关头竟然想到用跳舞摆脱危险，而且还即兴创作。

可待地试了一下，竟然能用，一点也没受潮！我转头看着薇娜。'跳舞！'我用她的语言大声对她说。因为我找到了对付那些怪物的真正武器。于是，在这个废弃的博物馆里，在落满灰尘的地毯上，我兴高采烈地吹着口哨，用《天国》的调子伴奏，同时一本正经地表演了一段混合舞，其中部分是简单的康康舞，部分是踢踏舞，部分是裙子舞（充分发挥我的燕尾服的功能），还有一部分是我的即兴创作。你们知道的，我这人天生富有创造力。

"我现在仍然认为，这盒火柴在漫长的岁月中没有遭到摧残，真是一件奇迹，当然，对我来说也是一件万分幸运的事。可令我大感意外的是，我在一个密封的瓶子里竟然发现了樟脑。我一开始认为那是石蜡，随即砸碎了玻璃。但是樟脑的气味谁也不会搞错的。所有的东西都腐烂了，而这种挥发性的物质却历经了数千个世纪幸存了下来。它使我想起我见过的一幅乌贼墨画，颜料是用一种叫箭石的古生物化石制成的，这种生物死后经过几百万年的时间变成化石。我正想随手把樟脑扔掉，可突然想起它是易燃物，燃烧时火光明亮，实在是很好的蜡烛，于是我把这些樟脑装进了衣袋。不过，我没有找到炸药，也没有发现任何适于攻克基座铜门的工具。可我手上的这根铁杆是非常有用的东西。随后我们离开了那间陈列馆。

名师导读

看来莫洛克人没有主动跑出来攻击他们，时间旅行者真应该处处小心。

"我没法把那天下午的事情都告诉你们。要把我在博物馆看到的一切

词语解释

偶像:即一种为人所崇拜、供奉的雕塑品。

事物井然有序地回忆起来不是那么容易的,那需要极强的记忆力。我记得有一个长廊里摆着铁锈斑斑的武器架,我左右为难,不知该拿长矛、手斧还是剑,我不可能把它们都带走,再说我的铁杆有望成为打开铜门的最佳工具。长廊里还有许多枪械,有手枪也有步枪。但大多数枪已经变成一堆锈铁,不过也有一些枪看起来是用防锈金属做的,仍可使用。不过摆在旁边的子弹和炸弹都已烂成渣子了。我看到长廊的一个角落已经破损了,并且有熏黑的迹象,心想这也许是由弹药爆炸造成的。在另一个地方有许多偶像——波利尼西亚人、墨西哥人、希腊人、腓尼基人,我估计任何国家的人都有。我按捺不住内心的冲动,把自己的名字写到了一个蜡石怪兽的鼻子上,因为我特别喜欢这个南美洲的怪兽。

"傍晚来临了,我的兴趣也渐渐退去。我从这个长廊走到那个长廊,长廊里布满了灰尘,静悄悄的,到处是断壁残垣。陈列品有时完全像一堆锈铁和褐煤,有时倒还面目可辨。走着走着,我来到一个锡矿模型的旁边,纯粹出于偶然,我在一个密封的柜子里发现了两个炸药筒!在极度兴奋之中我把柜子的玻璃门打碎了。这时,我又产生了疑问,犹豫了。随后,我把其中的一个放在旁边的小走廊里进行试爆。可是足足等了15分钟,也没有爆炸。我从来没有这么失望过,毫无疑问,这东

名师导读

时间旅行者竟然找到了炸药筒,这可是他对付莫洛克人的法宝。但是非常遗憾,炸药已经不能爆炸了。

西只是模型，我本应该从它的外表猜到这点的。假设我找到的是真炸弹的话，我肯定会立即冲出去，把斯芬克斯像、铜门，以及我找到时间机器的希望一同炸得粉碎（后来的事实证明如此）。

"在此之后，我们来到了宫殿内的一个露天庭院里。庭院里覆盖着草坪，还有三棵果树。于是我们坐下来休息。夕阳西沉的时候，我又开始考虑我和薇娜的处境。夜色已经悄然来临，我仍然没有找到安全的藏身之地。但这件事已不再让我惴惴不安，因为我现在拥有了对付莫洛克人的最佳工具——火柴！如果需要大火的话，我口袋里还有樟脑。我觉得最好的办法是燃起一堆篝(gōu)火，在露天过夜。等天亮后再回去解救我的时间机器。但是,随着我对那些铜门的认识的不断加深,对它们的看法和以前截然不同。我到现在都没去强行把门打开,这主要是因为门后面还是一个谜。铜门并不使我觉得坚不可摧,我希望到时能用铁杆把门撬开。"

名师导读

　　又是个令人好奇的悬念,我们耐心等待吧。

第九章　丢失薇娜

总算有惊无险地离开了青瓷宫殿,但时间旅行者的冒险绝不仅仅就是这样,他还将面临什么威胁呢? 我们接着往下看。

名师导读

　　在与莫洛克人的较量中,时间旅行者的行动越来越有计划。

　　"我们走出青瓷宫殿时, 太阳只在地平线上露出少半个脸。我决定第二天一早就出发,返回白色斯芬克斯像那里,并且要在黄昏前穿过我来时使我们受阻的那片密林。我的计划是当晚尽可能多赶路, 然后生堆火,在火光的保护下好好睡上一觉。于是,在我们行走的过程中，只要是见到树枝和枯草，我就收集起来，不一会儿，我怀里已经抱满了柴火。由于手里抱了柴火，导致行动不便，我们行进的速度比我预期的要慢得多。另外，薇娜已经走累了，我也开始精力涣散，对睡眠的渴望迅速滋长起来。因此，当我们接近树林的时候，天就完全黑了。我们摸着黑，走上一个灌木丛生的小山，薇娜因害怕想停下来不走了。当时我只感到灾祸即将来临（这对我确实应该是一种警告），这种感觉驱使我继续向前。我已经两天一夜没好好睡觉了，只觉得头昏脑胀、四肢无力、心烦意乱。我费力地睁着眼睛，脑子里想着莫洛克人。

　　"正当我犹豫不决时，突然看到

名师导读

　　疲倦、恐惧加上对危险的预感，看来这一夜时间旅行者不会怎么好过。

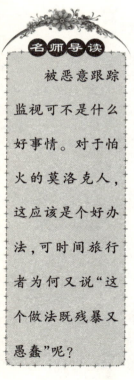

身后漆黑的灌木丛里蹲伏着三个黑影。我们身边全是树丛和蒿草，更便于他们发动袭击。我估算过，树林的宽度还不足一英里。如果我们能穿过树林到达光秃秃的山腰，就会找到比较安全的休息场地了。我想，我有火柴和樟脑，不必摸着黑过树林。可是很明显，如果我要用双手不停地挥舞火柴，就必须放弃手里抱着的柴火。就这样，我只好极不情愿地放下了柴火。这时，我突然想到，点着柴火可以把我们背后的那几个家伙吓跑。后来我发现这个做法既残暴又愚蠢，可我原以为这是掩护我们撤退的锦囊妙计呢！

"不知你们想到过没有，在气候温暖又没有人类的地方，火焰是极为罕见的。仅凭太阳的热度不大可能引起着火，闪电虽然有时可以摧毁和烧焦一些树木，却很少能引起燎原大火。腐烂的植物有时会因为发酵生热而燃烧起来，却也不太容易导致熊熊烈火。在这个退化的时代，生火的艺术已经被地球人遗忘了。因此，当我把柴火堆点燃，那红色的火舌在薇娜的眼中完全是新奇的。

"她跑到跟前去玩火，要不是我及时制止，我想她会冲到火堆里面去的。我把她抱了起来，勇敢地朝身前的密林深处走去。火堆的光亮为我们照了一小段路。过了一会儿，我回头张望，透过密集的树干，我看见柴堆上的火焰已经烧到了附近的灌木丛，一条弯曲的火龙正朝山上的野草爬去。我望着那条火龙，高兴得纵声大笑，接着又转身向前面漆黑的树林走

名师导读

　　火向来被看作人类文明的一个标志，没想到这也会被未来人遗忘。

—中小学生课外书屋

去。真是天昏地暗，薇娜发狂似的紧贴着我。当我的双眼适应了黑暗之后，我可以借助微弱的亮光避开树干。头顶上也是漆黑一团，只是透过偶尔才有的枝叶缝隙能看到遥远的夜空。路上我一根火柴也没用，因为腾不出手，我左手抱着薇娜，右手提着铁杆。

"走了较长一段路，没有什么异常的动静，只听到自己脚踩树枝发出的劈啪声，微风吹动树叶的沙沙声，自己的呼吸声和心脏的跳动声。这时，我好像觉得四周有啪啪的声响，我继续勇往直前，啪啪声越来越清晰，接着我听到了我在地下世界听过的那种古怪的声音。显然，有一些莫洛克人就在附近，并且正在向我围拢过来。果然，没过多久，就有人使劲拉了一下我的外套,然后又碰了一下我的胳膊,薇娜浑身剧烈地颤抖,很快就又静止不动了。

"是划火柴的时候了。但要掏火柴我就必须先把薇娜放下来。我放下她,把手伸到口袋里去摸火柴。薇娜一声不吭,莫洛克人还是发着那种奇怪的咕咕声。他们柔软的小手也伸到我的后背上,甚至摸到了我的脖子上。这时火柴亮了,发出嘶嘶的声响。我举起点亮的火柴,看见了莫洛克人在树林中逃窜的白色背影。我连忙从口袋里掏出一块樟脑,准备在火柴熄灭前把它点燃。接着我看了看薇娜,她趴在地上,双手紧抓住我的脚,一动不动。我猛然一惊,弯下腰去,她似乎已经停止了呼吸。我把手中的樟脑点燃,然后把它扔到地上。火劈劈啪

莫洛克人现身了!他们是在试探时间旅行者吗?真令人揪心!

啪越烧越旺，赶跑了莫洛克人和所有的黑影，我轻轻地把薇娜抱起来。身后的树林里好像到处都是骚动声和低语声！

"她可能是吓晕了过去。我把她扛上肩头，站起身继续朝前走。这时，我意识到了一个可怕的问题。在刚才掏火柴点火以及把薇娜抱上抱下的时候，我转了几个身，而现在我已经迷失方向了。弄不好，我现在也许又面朝青瓷宫殿的方向了。想到这里，我浑身直冒冷汗，我必须赶紧拿定主意该怎么办，最后我决定先在这里生一堆火再说。我把仍然一动不动的薇娜放到了地上。第一块樟脑眼看就燃烧殆尽了，我急忙开始收集枯枝和落叶。在四周的黑暗中，莫洛克人的眼睛像红宝石一样闪动。

名师导读

时间旅行者竟然将薇娜放在地上，但愿她不会发生什么意外。

"樟脑的火光最后闪了几下，灭了。我划亮一根火柴，这时，两个正在靠近薇娜的白色身影拔腿就跑。其中一个被火光照花了眼，竟然冲着我跑过来。我奋力挥出一拳，打在他的脸上，打得他头骨嘎嘎作响。他惊叫一声，摇晃着退后了几步，一头倒下了。我又点燃一块樟脑，继续收集柴火。这时我注意到头顶上有些树叶非常干燥，因为自从我坐时间机器来到这里，大约有一个星期了吧，一直没有下雨。于是，我跳起来去揪树叶。没多久，我就用树叶和干树枝燃起了一堆火，这样可以节约我的樟脑。接着，我转身望了望躺在铁杆边上的薇娜。我用尽一切办法想把她弄醒，可她仍像死人一样躺在那里，我甚至搞不清楚她是否已经不再呼

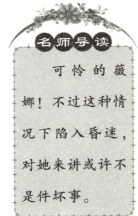

名师导读

可怜的薇娜！不过这种情况下陷入昏迷，对她来讲或许不是件坏事。

名师导读

　　紧要关头火柴盒竟然没了，真替时间旅行者担心。

吸了。

　　"火堆上冒出的烟被吹了过来，一下子熏得我昏昏沉沉的。此外，空气中还弥漫着一股樟脑味。火堆在一个小时内是不需添加燃料的。经过这一番折腾，我已经极度劳累和困顿了，于是坐了下来，身不由己地打着瞌睡。树林里还是充满了那种让人昏昏欲睡的低语声。我坐在那里，困得左右摇晃，也不知过了多久，我猛然间睁开了眼睛，可周围已是一片漆黑。莫洛克人的手摸到了我的身上，我甩开他们的手指，匆忙到口袋里去摸火柴盒，糟了，火柴盒没了！这时他们把我团团围住，无数的手抓住了我。我被吓得一下子就清醒了过来，意识到刚才发生了什么。我熬不住睡着了，不久火堆熄灭，然后死亡的痛苦向我扑来。树林里弥漫着木头燃烧的气味。我的脖子、头发、双臂都被抓住了，随后我被掀翻在地。在黑暗中，我感到这些软绵绵的东西都压到了我的身上，实在太恐怖了。我就像一个被困在蜘蛛网里的昆虫。我再也支撑不住，垮了下来。我感到有小牙齿在试探性地咬着我的脖子。出于本能，我在地上翻了个身，以躲避这种啃噬，但我的手偶然间摸到了铁杆。我的勇气立刻恢复了，挣扎着站起身来，抖掉了身上的'人鼠'，猛地举起铁杆，朝着我估计是他们脸的地方打了下去。我感到他们在铁杆的挥打下血肉横飞，我一下子摆脱了他们，又获得了自由。

"人们在进行艰巨的斗争时，好像总会滋生出一种奇特的欣喜，我

名师导读

注意时间旅行者此时用"人鼠"来称呼莫洛克人，他已不把他们当作人类的后代了。

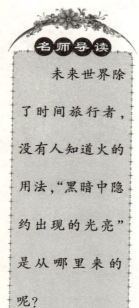

此刻就是这样。我知道我和薇娜已经完全迷路了，所以我现在反而豁出去了，横下心来要惩罚一下吃人的莫洛克人。我背靠一棵树站着，挥舞着手中的铁杆。他们的骚动声和叫喊声响彻整个树林。大约一分钟之后，他们的声音变成了尖厉的鬼哭狼嚎，他们的行动也越来越快。可是并没有人进入我的有效击打范围。我站在那里，瞪视着眼前的黑暗。这时希望突然出现了。要是莫洛克人害怕了又会怎么样呢？紧接着发生了一桩怪事。黑暗中隐约出现了光亮，使我依稀看到了身边的情况，三个被打烂了的家伙就躺在我脚边。接着我大吃一惊，发现其他的莫洛克人惊慌失措地跑着，组成了一条蜿蜒的人流，向着树林远处奔涌。他们的背影也不再是白色的,而是变成了红色。正当我发愣之际，一点火星飘过树枝间又消失了。我这才明白了莫洛克人为什么落荒而逃。

"我离开了那棵树,从近处黑乎乎的树干间看到整个树林在燃烧。原来是我最开始点的那堆火引燃了越来越多的树木,现在朝我烧过来了。我借着火光寻找薇娜，可是根本没有她的踪迹。身后传来了嘶嘶声、劈啪声以及树木在火中发出的爆裂声。没时间再去多想什么了,我手提铁杆,沿着莫洛克人的路走去。这是我和火之间进行的一场争分夺秒的赛跑。火焰曾经一度从右侧超过了我,烧到了我的前面。我只得赶紧转向左边。最后,我终于跑到了一小块空地上，这时一个莫洛克人跌跌撞撞地朝我走来,经过我身旁,一直冲到了火海里!

名师导读

怕光的莫洛克人竟向火海冲去，太不可思议了!

中小学生课外书屋

"我想,我已经看到了未来时代中最不可思议的场面。整片空地被火光映照得如同白昼。空地的中央是一个小土丘,也可能是一座古坟,顶上是一棵烧焦了的山楂树。空地那边也是一片着火的树林,浓烟滚滚,烈焰腾腾,这片空地就像火海中的一座孤岛。山腰里大约有几十个莫洛克人,他们被火光和热浪搞得晕头转向,在混乱中相互冲撞着、摸索着。起初,我没意识到他们在亮光下失去了视力,所以每当有人靠近我的时候,我就抡起铁杆,狠狠地给他一下。打死了一个,打伤了几个。但是现在,天空都被火光映红了,我清楚地看见一个莫洛克人在山楂树下瞎摸一气,并且还听到了他们的呻吟声,我这才断定他们在强光下已经无所作为,而且痛苦不堪。因此,我也就暂时不再理会他们了。

"但是,仍然时不时有莫洛克人朝我冲过来,看到他们令人战栗的神情,我只得闪躲到一边。我绕开他们,在山上走来走去,寻找薇娜的踪影,但是仍然找不到。

"最后我在小土丘的顶上坐下来,看着这群怪异的瞎子在火光中乱闯,听着他们发出的神秘叫声。烟雾缭绕而上,飘过天空,红色的苍穹里,闪烁着遥远的星光。有两三个莫洛克人撞到我身上,我拳打脚踢地把他们赶走。

"在这一夜的大部分时间里,我都认为眼前的一切是一场噩梦。我咬自己的嘴唇,还歇斯底里地叫喊,想让自己醒过来。然后又用手使劲儿捶打地

名师导读

莫洛克人已经如此恐惧慌乱,应该无暇带走薇娜,她到底发生了什么事?

面，站起来又坐下，用手揉我的双眼，祈求上帝让我离开这梦。有好多次，我看见莫洛克人痛苦地冲进火焰，但是，在渐渐熄去的红色火焰的上空，在浓烟和树桩的上面，在越来越少的莫洛克人的头顶上，终于出现了黎明的第一道曙光。

　　"我再次寻找薇娜，但还是毫无结果。显然，他们把她可怜的尸体留在树林里了。其实我一直在假想着，她已经逃脱了这场厄运。我以此来宽慰自己，但这怎么可能呢？想到这里，我就忍不住想把眼前这些毫无抵抗能力的东西斩尽杀绝，可我还是克制住了自己。我所在的小土丘就像林海中的一个小岛。现在，我站在小丘顶上已经可以从烟雾中辨认出青瓷宫殿了，凭着它的位置，我就可以判定出白色斯芬克斯像所在的方向。于是,等到天色渐明的时候,我在双脚上绑了一些草,丢下这些仍在乱跑乱叫的残存鬼怪,一瘸一拐地穿过被烧得一片狼藉的林地,向藏着时间机器的地方走去。我走得很慢,因为我没剩多少力气了,而且脚也破了。我为小薇娜的惨死感到无限的悲哀,这实在是一场巨大的灾难。诸位,我现在坐在这间熟悉的房间里,回想着那天的惨剧,悲痛倒更像是从梦中传染出来的,而不像是失去了现实中的亲人。但是,在那天早上,我再次体会着极度孤独的滋味,这种孤独几乎使我发疯。我开始思念我在自己时代里的房子、壁炉,思念你们这些朋友,伴随这思念之情而来的是想要回家的渴望。这

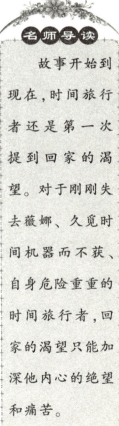

名师导读

故事开始到现在,时间旅行者还是第一次提到回家的渴望。对于刚刚失去薇娜、久觅时间机器而不获、自身危险重重的时间旅行者,回家的渴望只能加深他内心的绝望和痛苦。

—中小学生课外书屋

虽然裤袋里还有火柴,但已经丢失了引燃火柴的火柴盒,这几根火柴也就没有任何用处了。

种渴望是痛苦的。

"可是,当我在清晨明朗的天空下,走出余烟袅袅的树林时,我发现我的裤袋里还有几根火柴。看来,火柴盒肯定在丢失之前就漏了。"

第十章 我上当了

情况似乎不能再糟了,时间旅行者遭到攻击,昏迷的薇娜不见了,他已陷入绝境。话不多言,我们这就去看看他怎么绝处逢生的。

"大概在上午八九点钟时,我来到那张黄色金属做的椅子旁,我刚到的那天晚上,曾坐在它上面眺望这个未来世界。看着这张椅子,我想起那个夜晚得出的荒谬结论,不禁对我的自负报以苦笑。这里依然是美景如画,林木葱茏,宫殿辉煌,废墟壮丽,银白色

名师导读

当时时间旅行者还不知道有莫洛克人的存在,也没发现时间机器不见了。

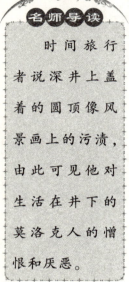

的大河在肥沃的两岸间奔涌不息。那些美丽的埃洛伊人身着鲜艳的服装，在树林里出没，还有的正在我救薇娜的地方沐浴，我心中袭来一阵剧痛。通往地下世界的深井上盖着一个个圆顶，看上去就像风景画上的污渍。现在，我明白了这些地上居民的美丽在掩盖着什么。在白天，他们就像田野里的牲畜那样快活。他们也像牲畜那样，对危险没有任何应急措施，他们的结局也和被宰杀的牲畜一样。

"看来人类的智慧之梦是非常短暂的，想到此处，我就十分悲哀。这梦让自己窒息了自己，它不停地追求舒适和安逸，以安全和永久作为出发点，追求一种平衡的社会，它终于实现了这个希望。在一段时间内，几乎完全没有了生命和财产的威胁，富人和穷人的生活都有了保障。毫无疑问，在那个完美的世界里，没有失业问题，没有尚待解决的社会纠纷，于是天下太平。

"但人们忽视了一条重要的自然法则，即多方面的才智是随变化、危险和麻烦之后而来的补偿。没有变化和不需变化的地方就不会有智慧，只有那些要遭遇千难万险的动物才能拥有智慧。

"因此，就像我所看到的，地上居民逐渐变得纤弱而美丽，地下世界却走向单纯的机械工业。但是，这种完美的状态其实还不够完美，因为它没法做到绝对的永恒。显而易见，随着时间的推移，不管地下居民是如何解决吃饭问题的，断绝了几千年之久的'需求'又首先回到了他们的身上。地下人终日与机器为伍，这些机器无论有多完

名师导读
知识可以从书本中获得，智慧则不能，它需要去生活中经历、体验并慢慢积累。

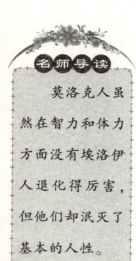

美，它们仍旧能够刺激地下人去开动脑筋，虽然他们在其他方面都不如地上居民更具人性，但他们族类的主动性也因此得到更多的保留。当世界已经美好得只剩下素食之后，当他们再也没有别的肉可吃的时候，他们便转向了一个一直被禁止的古老习惯上去。所以，我在802701年的世界里，看到了这一情景。它可能是一个错误的解释，同凡人的智慧所能想出的一样。不过，事情就是这样明摆在我面前，我如实地告诉了你们。

"这些天来，我遭受了太多的劳累和惊吓，而且还很悲伤。但是这张椅子，还有这宁静的风景和温暖的阳光是令人心旷神怡的。我已经过于疲惫和困倦了，所以，不久就打起瞌睡来。最后，我干脆躺在草地上，把四肢舒展开来,痛快淋漓地大睡了一觉。

"醒来时已是黄昏时分,我现在觉得,即使莫洛克人发现我在睡觉也没什么不安全的。我伸了个懒腰,下山朝白色斯芬克斯像走去。我一只手提着铁杆,另一只手在裤袋里抚弄着那几根火柴。

"这时,有一件我以前绝对没想到过的事情发生了。我走近斯芬克斯像的基座时,发现铜门都开着,门全都滑进了门槽。

"这出乎意料的情景使我惊讶不已,但是我走到门前又突然停住脚步,犹豫要不要进去。

"里面是一个小房间,我的时间机器就在一个角落里。我口袋里装着小操纵杆。本来,我已经做好了攻打白色斯芬克斯像的准备,可是现在这边却

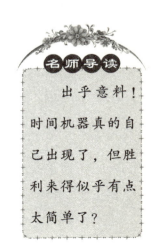

名师导读

出乎意料!时间机器真的自己出现了,但胜利来得似乎有点太简单了?

老老实实地投降了。我扔下手中的铁杆,为没把它派上用场而感到遗憾。

"当我弯腰准备进门时,突然闪现出一个想法,觉得至少这次,我算是把握住了莫洛克人的意图。我强忍着想放声大笑的冲动,跨进门框,来到时间机器跟前。我吃惊地发现机器被小心地上过油,还擦得干干净净。因此,我开始怀疑莫洛克人会不会为了了解这台机器的用途,已经把某部分装置拆开过。

"我站在那里仔细端详着我心爱的机器,连用手摸摸它心里都是乐滋滋的。可就在这时,我预料中的事情发生了。铜门突然'砰'的一声关上了。而我站在黑暗中,陷入了莫洛克人的圈套。对此我暗自发笑。

"我马上就听到他们朝我走来时

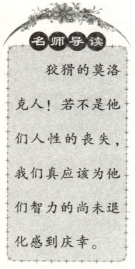

名师导读

狡猾的莫洛克人!若不是他们人性的丧失,我们真应该为他们智力的尚未退化感到庆幸。

发出的轻笑。这回我一点都不紧张，准备划亮火柴，然后装上操纵杆潇洒地离去。但我疏忽了一件小事，我的火柴是那种只能在火柴盒上划着的安全火柴。

"你们可以想象到，当时我是多么惊慌失措。那些小怪物逐渐向我靠近，其中一个已经碰到了我。黑暗中，我用操纵杆打他们，同时迅速爬上了时间机器的驾驶座。这时，一只手摸到我身上，紧接着又是一只手。我一边拨打着他们不断伸过来抓我的手，同时摸到了装操纵杆的螺栓。有一根操纵杆差点让他们抢走。当它从我手里脱落时，我只能用自己的头在黑暗中猛撞他们来夺回操纵杆——我可以听到莫洛克人的头骨的响声。我想，这最后一次的争夺战，真是短兵相接，比树林里的那未来世界遇到的各种事情让时间旅行者没有丝毫犹豫就启动了时间机器,谢天谢地,他终于远离了可怕的莫洛克人。

一役更加激烈。

"可算是把操纵杆装好了,我毫不犹豫地启动了机器。抓着我的那些手纷纷脱开。黑暗立即在我眼前消失了,我发现自己又回到了我描述过的那种一片灰暗的混沌中。"

第十一章　继续旅行

　　时间旅行者在莫洛克人的圈套中找到了时间机器，但他启动机器后并没有着急回去，而是去了更远的未来。看来这次是个冒险大套餐，我们接着品尝吧。

　　"诸位，我已经跟你们说过，在时间旅行过程中我遇到过恶心和混乱的情景。由于匆忙地从那些吃人怪物的手中挣脱出来，我上驾驶座时的姿势不对，现在一直是歪着身子坐着。有那么一阵子，时间机器一个劲儿地摇摆颠簸，我贴紧着机器，完全没留意到我

名师导读

　　还记得时间旅行者到未来时坐时间机器的感受吗？这次他匆忙离开时还歪着身子，肯定很难受。

是怎样飞远的。当我再次观察刻度盘时，我吃惊地发现自己又到了别处。一个小刻度表记录单日，一个记录千日，一个记录百万日，还有一个记录十亿日。这次我向前推进控制杆，沿着时间维度正向行驶。现在，我低头看见千日的指针转得像手表的秒针一样快，我正在飞向更遥远的未来。

"周围的一切慢慢地产生了让人匪夷所思的变化。跳动的灰色逐渐稳定下来，虽然我仍在高速行驶，但接下来昼夜眨眼般的交叠现象又出现了。昼夜的变化越来越慢，太阳也逐渐需要更多的时间才能划过天空，最后它们好像慢得要用上几个世纪的时间似的。终于，一片稳定的暮色笼罩着大地，只有若干明亮的星星闪过阴沉的天空时，才暂时将它划破。太阳已经不再落下去了，它只在西方上下移动，而且变得更大、更红。天空中没有月亮。恒星的周日旋转运动也慢了下来，成了蠕动的光点。在我停下前不久，又红又大的太阳终于在地平线上凝固了。它像一个散发着热量的巨大穹隆，还不时地隐去一会儿。不久又再次明亮起来，但又迅速回到了阴沉的赤热状态。太阳这种明暗变化的频率也越来越慢，我发觉潮汐的涨落作用结束了。地球只有一个面朝着太阳，就像在我们自己的时代里，月亮只有一面向着地球那样。我非常小心地向后拉控制杆，倒转行驶方向。之所以非常小心，是因为上次停机时那个狼狈的倒栽葱仍使我记忆犹新，所以，这次我就学乖了。旋转的指针逐渐慢了下来，千日指针似乎不动了，单日指针在刻度盘上

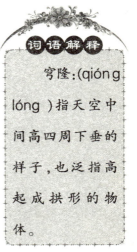

词语解释

穹隆:(qióng lóng)指天空中间高四周下垂的样子，也泛指高起成拱形的物体。

名师导读

地球潮汐涨落是由于月球的引力作用而发生的。

也逐渐放慢速度。

"时间机器稳稳当当地停了下来，我坐在上面向四下里眺望。天空已经不再是蓝色的了，东北方向乌黑一片，苍白的星星在黑暗中闪耀。头顶上是深红色的天空，而且没有星星。东南方向渐渐变得明亮，地平线上是一片夺目的猩红色，巨大的太阳红彤彤的，躺在那里一动不动。我四周的岩石都呈现刺眼的红色，我能够看到的全部生命迹象是翠绿的植物，它们覆盖了东南面的每一个凸起的地方。这是一些像森林里的青苔或岩洞里的地衣那样的植物，它们一年四季都生长在缺乏阳光的背阴处。

"时间机器就停在一个倾斜的海滩上。大海向西南方向伸展，融入了苍

词语解释

青苔：水生苔藓植物，色翠绿，生长在水中或陆地阴湿处。

白天空下明亮的地平线。没有汹涌的波涛，因为天空中根本没有一丝风。水面上只有轻柔得好似呼吸一样的细浪，这永恒的大海仍然在运动。海岸撕开海水，岸边结了一层厚厚的盐，在惨淡的天色下呈粉红色。我感到头晕气闷，呼吸非常急促。这感觉使我想起了我唯一的一次登山经历，由此，我判断这里的空气比我们时代的要稀薄。

"一个刺耳的尖叫声从远处荒凉的斜坡上传来，我看到了一个像是白色的巨型蝴蝶一样的动物，扇动着翅膀，斜着身子飞上天空，盘旋着，最后消失在小山丘的另一边了。它凄凉的叫声使我浑身颤抖，赶紧在时间机器上坐稳了身体。再一次举目四望，看到不远处有一个我原以为是红岩石的东

名师导读

"吃一堑长一智"，这次时间旅行者可聪明多了，没有贸然离开时间机器。

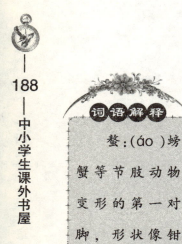

西正向我缓缓靠近。这时我才看清楚，它其实是一只像巨蟹一样的生物，足有一张方桌那么大。它长着许多腿，缓慢地爬动着，它摇晃着自己的大螯，长长的触须晃悠着探路，就像马车夫的鞭子，两只眼睛在金属似的面孔两侧伸出来，瞪视着我。它的硬壳上有许许多多的凹痕，上面长着难看的节疤。在它爬行的时候，那个结构复杂的嘴里伸出许多触须在摇曳探索。

"正当我盯着这个朝我爬来的凶恶的怪物之时，感到自己脸上有什么东西弄得我直发痒。我用手把它拂去，可它立刻又回来了，几乎与此同时，也有东西碰到了我的耳朵。我一伸手，抓住了一根绳子一样的东西，它马上又从我的手里挣脱了出去。我顿时感到心里发毛,转身一看,原来是另一只巨蟹已经爬到了我的身后,刚才我抓住的就是它的触须。它活动着罪恶的眼珠,嘴巴里流出了唾液,难看的大螯上生满了黏黏的海藻,正朝我当头落下来。我立即推动控制杆,把时间机器开到一个月之前。不过,我仍然在同一个海滩上,并且刚把机器停下来就清楚地看到了它们。昏暗的天色下,大概有几十只巨蟹爬来爬去。

"我无法向你们描述笼罩着世界的那种令人厌恶的荒凉感。东方红色的天空,北方漆黑的星夜,没有浪花的死海,以及爬满令人作呕的怪蟹的乱石滩,地衣植物难看的绿色,所有这一切组成了眼前这幅令人毛骨悚然的画面。我又向前开了 100 年,依旧是那个

名师导读

　　月亮重又出现？但"奄奄一息的大海"表明它对海水的引力作用似乎消失了。

红太阳，只是大了点，颜色也暗了许多，仍旧是那片奄奄一息的大海，还是那种阴冷的空气，还是那群陆地甲壳动物在绿草和红色岩石之间爬来爬去。而在西边的天空中，我看到一条淡淡的圆弧，像一轮巨大的新月。

　　"我就这样旅行着。由于地球命运的变幻莫测，我每隔一千年就要停下来一次，带着一种留恋的感情眺望西天的太阳，看着它越来越大，越来越暗。在这种旅行中，我眼看着古老地球上的生命渐渐逝去。终于，在三千多万年以后，太阳这个赤热的巨大穹隆遮住了将近十分之一的阴暗天空。接着我又停住时间机器。因为可怕的巨蟹已经消失了，红色的海滩上只剩下了铅灰色的青苔和地衣，此外没有其他的生命。现在,这海滩上呈现出斑驳的白色。一股刺骨的寒气向我袭来。白得罕见的雪片纷然飘落。在东北方,黑暗的星空下雪光闪耀,桃红色的山峰绵延起伏。海边结着冰,海面上漂着冰块,但是它的主海面仍然没有冻结,辽阔的大海在永恒的夕照下一片血红。

"我四下张望,想看看是否还有动物留下的生活痕迹。一种无名的恐惧使我没敢离开时间机器。但是,在陆地上,在天空中,以及在海里我都没看见什么活的东西。只有岩石上的绿色黏液表明生命还没有灭绝。海里出现了一道很浅的沙洲,海水从海滩上退去。我仿佛看到一个黑色的东西在沙洲上跳动,可当我定神细看时,

名师导读

如果时间旅行者不是眼花,那么黑色东西很有可能是未来世界唯一存活的生物。

它又静止不动了。我肯定是看花了眼，那黑东西不过是一块岩石。天上的星星明亮耀眼，但我好像觉得它们不怎么闪烁了。

"突然间，我注意到太阳西侧的圆弧发生了变化，弧线上出现了一个凹角，一个小弯。小弯越变越大，我目瞪口呆地望着渐渐暗下来的白天，看来这是日食。月亮或者水星正从地球和太阳之间穿过。起先，我想当然地认为是月亮，但是有许多迹象向我表明，这是一颗内行星在离地球很近的地方经过。

名师导读

真是名副其实的日新月异的变化。

"天色迅速暗了下来。冷风不住地从东方吹来，雪越下越大，耳中充斥着大海的混沌低语。除了这些没有生命的声响，世界一片寂静。我很难描述这种寂静。所有的人声、牲畜的叫声、鸟叫声、虫鸣声,一切与生命有关的骚动声全都不存在了。天色越来越黑,雪花也更密了,在我眼前飞旋着,空中的寒气更加强烈了。终于,远方白色的山峰,相继被黑暗吞没。顷刻间,天黑得只能看到苍白的星星了,其他的一切都处在昏暗的朦胧中。

"这无边的黑暗使我惊恐不已。寒气彻骨,我浑身战栗,呼吸时感到疼痛,并且恶心得要命。这时,太阳的边缘上又出现了一个赤热的圆弧。我走下机器想活动一下,我感到头昏脑涨,心烦意乱,无法面对自己的归途。这时候,我又看到了沙洲上的那东西在动,这次可以肯定它是会动的东西,后面是一片红红的海水。这个圆圆的东西

名师导读

黑暗、无法呼吸的空气、赤热的圆弧、移动的黑色东西,再远的未来根本就不适合人类生存,人类的灭绝似乎理所当然。

名师导读

时间旅行者确定地看到了黑色东西在动。它会是什么呢?

比足球稍大些,触须拖了下来。在血红色海水的映衬下,它看上去接近于黑色,并且乱蹦乱跳。接着,我感到一阵眩晕。我真怕会倒下来,我害怕一个人孤零零地躺在这遥远而恐怖的昏暗中。我强打起精神,爬上了驾驶座。"

第十二章 再次出发

> 该是旅行者回去的时候了,也是时候结束这个故事了。但这些离奇的经历都是真的吗?别急,我们这就去一探究竟。

"就这样,我又坐着时间机器返航了。我一定是在昏迷状态中度过了相当长的一段时间。那种眨眼般的昼夜交替又恢复了,我又看到了蓝色的天空,金黄色的太阳。呼吸也开始舒畅了起来。起伏绵延的陆地轮廓时隐时现,刻度盘上的指针飞速倒转。终于,我又

名师导读

蓝色的天空、金黄色的太阳、舒畅的呼吸空气,这些都是地球赋予我们的财富,我们一定要好好保护。

词语解释

接踵而来：指人们前脚跟着后脚，接连不断地来。形容来者很多，络绎不绝。

看到了房屋模糊的影子，这表明我已回到人类的没落时期。这些景象变幻着，然后消失，新的景象接踵而来。不一会儿，百万日刻度盘上的指针回零，我放慢速度，认出了我们时代的小型建筑。千日指针也回零了，昼夜的变换越来越慢。接着，我的周围出现了我实验室的熟悉的墙壁，于是我非常轻缓地开始减速刹车。

"我看到的一件小事使我觉得很奇怪。刚开始我跟你们讲过，我刚出发时，也就是在我加速前，瓦切特夫人正巧走过实验室，我觉得她的速度快得就像火箭。而我回来的时候，我又经过了她穿过房间的那一分钟。可这时她的动作好像就是她上次动作的逆转。通向花园的门开了，她背朝前面倒退着回到实验室里，接着又在上次进来的那扇门后消失了。就在那之前，我仿佛看见了希利尔一下，但是他像闪电似的过去了。

"于是我停下时间机器，我又在身旁看到了原先熟悉的一切，我的大实验室、工具、各种设备，它们和我离开时没什么两样。我摇摇晃晃地跨下了我的时间飞船，坐到椅子上。有一阵子，我剧烈地发抖，之后渐渐平静下来。我真的旅行过了吗？也许我坐在时间机器里睡着了，而整件事情只是一场梦。

"不，绝对不是这样！时间机器是从实验室的东南角出发的，它回来时却停在了西北角。两地的间距恰好是我登陆的小草坪到白色斯芬克斯像基座的距离。

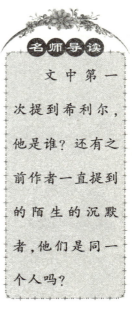

名师导读
　　文中第一次提到希利尔，他是谁？还有之前作者一直提到的陌生的沉默者，他们是同一个人吗？

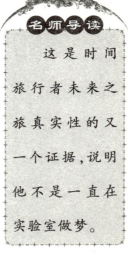

名师导读
　　这是时间旅行者未来之旅真实性的又一个证据，说明他不是一直在实验室做梦。

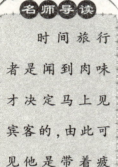

名师导读

时间旅行者是闻到肉味才决定马上见宾客的,由此可见他是带着疲惫和饥饿从未来世界回到现代的。

"我愣在那里发了一会儿呆,脑子里一片混乱。我很快又站起身,忍着脚痛,一瘸一拐地穿过走廊来到客厅。我看到了门边小桌上的那份《蓓尔美街报》,发现日期确实是今天,再看钟,时间是八点差一点。我听到你们说话的声音和盘碟刀叉的碰撞声,我犹豫着要不要马上就进去,因为当时我感到非常恶心和虚弱。这时,我闻到了香喷喷的肉味,于是推开门看见了你们。接下来的事情你们都知道了,我洗澡、换衣服、吃饭,然后坐在这里向你们讲述我的历险。"

"我非常清楚,"他顿了一下,然后接着说,"我讲的这一切对你们来说绝对是难以置信的,但对我来说,唯一难以置信的就是我今晚能坐在这熟悉的老房子里,面对着你们友好的面孔,对你们讲述这些奇遇。"他看着医生,"不,我不指望你们相信我的话。如果你们认为我在撒谎,我也不在乎。也许可以把它当作预言,当作我在实验室里做的一场怪梦。或者,你们干脆说我只是为了思索人类的命运,最终捏造了这件事情。或许这算得上一种艺术创作了,把它当成一个故事吧。诸位意下如何?"

他拿起烟斗,习惯性地在炉栅栏的横杆上敲了敲。此刻,房间里鸦雀无声。接着,椅子开始吱嘎作响,鞋子也在地毯上沙沙地擦动。我不再盯着时间旅行者的脸,而是观望着其他听众。他们坐在黑暗里,都默默地抽着烟。医生好像严肃地看着我们的主

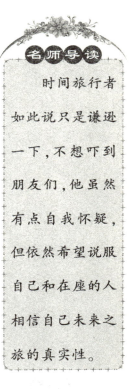

名师导读

时间旅行者如此说只是谦逊一下,不想吓到朋友们,他虽然有点自我怀疑,但依然希望说服自己和在座的人相信自己未来之旅的真实性。

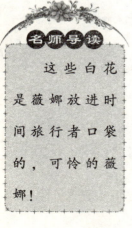

人,好像在琢磨他。编辑低头盯着自己的雪茄烟头，这已经是第六支了。记者在摸他的怀表。其余的人坐在椅子上一动不动。

　　编辑叹了一口气,站起身来。"我为你不是小说撰稿人而感到惋惜！"他把手搭在时间旅行者的肩膀上说道。

　　"你不相信？"

　　"嗯……"

　　"显然你不相信。"

　　时间旅行者转向我们。"火柴在哪儿呢？"他划着了一根火柴，一边点烟斗，一边说道,"说实在的……我自己都几乎不相信……然而……"

　　他的目光落到了桌面上的那两朵凋谢的白花上,像是带着默默的疑问。此时，我注意到他的指关节上有几处尚未愈合的伤疤。

医生起身来到灯下，仔细地打量着桌上的白花。"奇怪的雌蕊群。"他说。心理学家也俯过身去，想看看清楚,同时伸手准备拿起一朵。

"已经 12 点 3 刻了,"记者说,"我们怎么回去啊？"

"车站上出租马车多得是。"心理学家说。

"真是稀奇的东西,"医生说,"可我实在不知道这些白花属于何种植物种属。能把花给我吗？"

时间旅行者犹豫不决，接着他突然开了口:"当然不行。"

"这花到底是从哪里弄来的？"医生问。

"这是薇娜放到我口袋里的。"

名师导读

　　白花和对薇娜的情感令时间旅行者渐渐摈弃了怀疑。

名师导读

　　更多的证据摆在眼前，时间旅行者坚信自己未来之旅的真实性，但在场的人未必会相信。还记得那个时间机器模型的结局吗？

　　他环视着房间。"该死啊，我怎么什么都记不得了。那段记忆难道要在这熟悉的日常生活氛围中烟消云散吗？我真的制造过时间机器吗？这一切到底是不是一场无法承受的噩梦？我得再去实验室看看，是不是真有这样的机器！"

　　他抓起桌上的灯，提着它走了出去。我们跟着他来到实验室里。摇曳的灯光下，时间机器就在眼前，它是用黄铜、乌木、象牙和半透明的石英做成的，摸上去很结实，象牙上沾染了很多污渍，机器的下半部分有些草和青苔的痕迹，一根横杆弯曲了。

　　时间旅行者把灯放到工作台上，伸手抚摸着损坏的栏杆。"现在好了，"他说，"我对你们讲的故事是真的，我们还是回去吧，这里太冷了。"他又拿起灯，我们全都默不做声地回到了会客室。

他把我们送到门厅，并帮编辑穿上了外衣。医生看着他的脸，叮嘱他要好好休息，不能过度劳累，时间旅行者听了朗声大笑。后来，他就站在门口和我们大声道了"晚安"。

我和编辑同坐一辆出租马车回家。他认为这个故事是"花言巧语"，我自己却得不出任何结论。这故事是如此离奇，让人难以置信，时间旅行者的讲述又是那么生动，那么严肃。那一夜我几乎失眠了，反复想着这件事。

第二天，我又去看望时间旅行者。仆人说他在实验室里，对他家我已经熟门熟路，于是就径直去找他了。可实

名师导读

有人否定，有人怀疑，但没有人像时间旅行者自己那样坚信。

验室里空无一人，我端详着那部时间
机器，随后伸手碰了下操纵杆。这看上
去挺结实的机器立即像风中的树枝一
样晃动起来，吓了我一跳，由此奇怪地
联想到了禁止我乱动东西的童年岁
月。我离开了实验室，穿过走廊。在会
客厅里遇上了时间旅行者。他肩上挎
着旅行背包，一只手里拿着一架照相
机，似乎是正要出远门。他看到我后爽
朗地大笑，热情地和我握手。"我很
忙，"他说，"你知道，就是忙实验室里
的那个东西。"

"你不是又在玩把戏吧？"我问，
"你真的穿越时间了吗？"

"真的，一切都是真的！"他无比真
诚地直视着我的眼睛。随后他的目光
在房间里转了一圈。"我只要半小时就

行了，”他说，“我知道你为什么来，你这人真不错。这里有几本杂志，你可以先等等我。如果你愿意留下来吃午饭的话，这次我将带回未来时代的标本、照片，总之是一切足以向你彻底证明时间旅行的证据，但你能原谅我现在离开一下吗？”

我表示同意，但我当时并没有听懂他话里的全部意思。他点了点头，沿着走廊朝前走去。我听见实验室的门"砰"的一声关上了，于是我在椅子里坐了下来，拿起一份日报。我在想，他在午饭前这段时间里，到底要干什么呢？这时，我突然想起今天要应约去见出版商理查森。我看了一下表，发现赴约的时间已经要到了。于是我赶忙起身，到实验室去和时间旅行者告别。

名师导读

真是个乐此不疲的冒险家！吸取前车之鉴，时间旅行者这次有一个非常具体的计划。

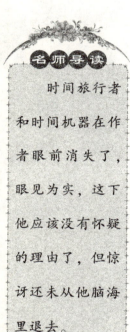

　　当我握住门把手的时候，听到一声短促的惊叫，接着又是一声巨响。我打开实验室的门，身边卷起了一股旋风。时间旅行者不在屋里。我看见了一个幽灵似的身影，坐在一团旋转的黑黄相间的东西上。那幻影是透明的，我能透过它看到后面摆着图纸的工作台。但当我定睛细看时，幻影一下子消失了。实验室里停放时间机器的地方空空如也，时间机器不在了，只有刚才被掀起的尘埃在徐徐落下。

　　我产生了一种无法名状的诧异。我知道这里发生过奇怪的事情，但我一时又弄不清到底是怎么回事。我盯着眼前的情景，呆若木鸡地站在那里。通向花园的门开了，男仆走了进来。

　　我们对望了一眼，这时我心里有了主意。"先生是从花园那边出去的吗？"

"没有，先生。我过来的时候没看到任何人。我原以为在这里能找到他。"

这下我全明白了。我坐了下来，不再去想和出版商见面的事情，只是默默地等待着时间旅行者的归来，等待着第二个更离奇的故事，等待着他将带回来的标本和照片。但是，这是三年前的事了，众所周知，自从那一天消失之后，他至今也没有回来。

尾　声

　　人们除了对此事大感惊异之外，别无选择。他还会回来吗？他可能已经驶入时间的过去，掉到了旧石器时代茹毛饮血的野人中间，掉进了白垩(è)纪的大海里，或者混迹于侏罗纪的巨大爬行动物中间。他可能正在蛇颈龙出没的珊瑚岛上散步，或是在三叠纪寂寞的盐海边冥思苦想。

　　他会不会又向未来飞去呢？飞进一个距今较近的时代里，在那里，人还是和现在一样，但我们时代的不解之谜已经找到了答案，百思不得其解的难题都得到了解决。或者他飞进了人类的成年期，因为我个人认为，在那个较近的时代里，科学软弱无力，哲学支离破碎，人与人争战不息，根本没有到达辉煌的顶峰！这是我个人的看法。我知道，时间旅行者一直对人类的进步持悲观态度，并且把越积越高的文明看作是愚蠢的建筑，认为它最终必将崩毁,并且反过来湮(yān)灭它的创造者。如果真是如此,我们还得安静自在地活下去。但对我来说,未来仍然是黑暗的、苍茫的,是一个巨大的未知数,只有很少的几个片断,被他那难忘的故事所照亮。时间旅行者带回的那两朵白花给了我安慰,它们可以证明,即使在那人类濒临衰亡的时代,温情仍然活在人类心中。

阅读延伸

名师点拨

　　作者当之无愧是科幻小说的开山鼻祖。未来世界令人好奇,我们抱着很多疑问上路,在时间机器的带领下,穿越时空到达遥远的未来,领略未来世界场面的宏大以及未来社会状况的必然原因。埃洛伊人瘦小、孱弱,却优雅、善良,智力体力相较现代人都发生了极大的衰退;莫洛克人虽然体格瘦小,但他们粗暴、野蛮,智力的退化远不及埃洛伊人严重。作者对未来世界这一宏大场面的构思来源于其对自己生活时代的社会分工、阶级分化的警醒以及在此影响下人类社会发展趋势的推测。"生于忧患,死于安乐。"安逸享受的生活导致了埃洛伊人的可悲,而黑暗和劳累则培养了莫洛克人对地上贵族居民根深蒂固的仇恨。二者的强弱地位随着时间的推移发生转换,资源短缺的社

会现实泯灭了地下居民的人性,人类古老的禁忌被打破,埃洛伊人最终沦为了莫洛克人放养在阳光下的肉食来源。作者的这一观点令许多读者大吃一惊,但吃惊之余我们更应该警醒,在现代社会的发展模式下,人类社会究竟会沿着这个轨道走向何方?

 读读想想

1. 小说好看,可别忘了特别留意一下陌生的词汇,记住它的发音和写法,聊天写作文的时候偶尔秀一下,一定很出彩。

2. 未来世界究竟是什么样的,没有人知道。你想过这个问题吗?作者在《时间机器》中塑造的看似符合逻辑的未来世界,你同意吗?说说你的想法。

读后感 .... DUHOUGAN